KB102190

인생 2회 차,

축구의
신

인생 2회 차, 축구의 신 ㄱ

백린 현대 판타지 소설

초판 1쇄 찍은 날 § 2020년 1월 20일
초판 1쇄 펴낸 날 § 2020년 1월 27일

지은이 § 백린
펴낸이 § 서경석

총괄팀장 § 노종아
편집책임 § 강민구
디자인 § 소소연

펴낸곳 § 도서출판 청어람
등록번호 § 제387-1999-000006호
등록일자 § 1999. 5. 31
어람번호 § 제1-3079호

주소 § 경기도 부천시 부일로 483번길 40 서경B/D 3F (우) 14640
전화 § 032-656-4452 팩스 § 032-656-4453
http://www.chungeoram.com
E-mail § chungeorambook@daum.net

ⓒ 백린, 2019

ISBN 979-11-04-92121-6 04810
ISBN 979-11-04-92040-0 (세트)

백린 현대 판타지 소설

MODERN

FANTASTIC

STORY

7

인생 2회 차,

죽구의

신

청람

인생 2회 차,
죽구의
신

Contents

2009-10 챔피언스리그

　파브레가스는 4,700만 유로의 이적료를 기록하며 고향으로 돌아갔다. 본래 논의되던 6,000만 유로엔 한참이나 미치지 못한 금액이었으나, 선수 본인의 강력한 의지를 확인한 벵거는 어쩔 수 없이 그 금액에 합의를 마쳤다.

　이번에 이적이 이루어지지 않을 경우, 계약기간이 끝나자마자 자유 이적으로 돌아가겠다는 말에 허락을 할 수밖에 없었던 것이다.

　본래 아르센 벵거가 원한 것은 3,500만 유로에 보얀 크르키치를 포함한 딜이었지만, 파브레가스의 사례로 학을 뗀 바르셀로나는 보얀 크르키치는 절대 내어 줄 수 없다는 입장을 고수해 그 금액에 합의가 이뤄진 터였다.

합의가 발표된 2010년 1월 28일.

에미레이츠 스타디움에 마련된 인터뷰장에선 적지 않은 열기가 흘러넘쳤다.

파브레가스의 뒤를 이어 주장으로 임명된 민혁은 벵거와 함께 인터뷰 장소에 나와 있었다. 그들을 기다리고 있던 기자의 수만 해도 백여 명에 달했는데, 영국의 언론은 물론 스페인과 이탈리아, 독일의 언론사들까지도 몰려와 있었기 때문이었다.

자리에 앉은 벵거는 시끌시끌한 분위기를 가라앉힌 후, 가장 앞에 있는 기자를 지목해 질문을 받았다. 인원이 많으니만큼 질문을 하나씩만 받기로 약속이 된 인터뷰라, 많은 사람이 몰려 있음에도 혼란은 그리 길지 않았다.

몇 차례의 문답이 이어진 후, 순번이 된 기자가 질문을 던졌다. 파브레가스의 이적에 대해 논하던 것에서 조금 벗어난 질문이었는데, 그의 이적이 다음 경기에 미칠 영향이 궁금했던 모양이었다.

"리그 최대 라이벌인 맨체스터 유나이티드전을 앞두고 세스크 파브레가스 선수의 이적이 발표되었는데요, 파브레가스 없이 맨체스터 유나이티드를 상대할 수 있다고 보십니까?"

벵거는 미간을 좁혔다. 생각하고 싶지 않았던 사실을 직설적으로 찌르는 기자의 목을 조르고 싶은 심정이었다.

그는 두어 번 심호흡을 한 후에야 말을 이었다.

"세스크의 공백은 로시츠키와 나스리가 충분히 채워줄 거라고 믿고 있습니다."

"새 영입은 없다는 건가요?"

"아스날은 이미 두 명의 센터백을 영입했습니다. 여기서 선수를 더 영입했다가는 팀의 조직력을 해칠 수 있죠. 더군다나 우리는 지금의 스쿼드로도 충분히 우승을 노릴 수 있습니다. 무리하게 선수를 영입할 필요는 없다고 봅니다."

기자들은 웅성거렸다. 이해가 되지 않는 말은 아니었지만, 그래도 빅 네임이 나갔다면 그만한 선수를 데려오는 것이 당연하기 때문이었다.

한참이나 웅성대던 기자들 사이에서, 붉은 머리를 가진 기자가 목소리를 높였다.

"내년 여름에도 영입을 안 하실 겁니까?"

"저희는 스타를 영입하는 팀이 아닙니다. 스타를 만들어내는 팀이죠."

웅성거림은 순식간에 멈췄다. 아르센 벵거는 그런 말을 할 자격이 있었다. 완전한 무명이던 조지 웨아와 티에리 앙리, 그리고 민혁을 길러낸 벵거였기 때문이었다.

그 외에도 50만 파운드에 사 온 아넬카를 월드 클래스로 만들어 2,230만 파운드를 받고 레알에 팔았고, 15만 파운드로 데려온 콜로 투레와 무단 이탈자 출신의 아데바요르도 월드클래스를 만들어 맨체스터 시티에 거액으로 판 게 벵거가 아니었는가.

그 점을 떠올린 데일리 스타의 리처드 조이스는 고개를 갸웃하며 입을 열었다.

"하지만 그렇게 만들어낸 스타들을 전부 다른 팀에 팔아넘기지 않았습니까?"

"모두가 떠난 건 아닙니다. 여기 있는 윤도 떠날 생각이 없다고 했고요."

"파브레가스 선수도 얼마 전까진……."

"전 진짜로 안 갈 겁니다. 여기서 바로 재계약이라도 할까요?"

민혁이 웃으며 말하자, 경직되어 있던 인터뷰장의 분위기가 살짝 바뀌었다.

그러나 이적에 대한 질문은 끝나지 않았다.

"세스크 파브레가스 선수의 라리가 이적은 프리미어리그의 전성기가 끝났다는 뜻이라 말하는 사람도 있습니다. 당장 지난 시즌과 지난 시즌 연속으로 발롱도르 포디움에 올랐던 두 명이 라리가에서 뛰고, 유럽 최고의 패서로 꼽히던 파브레가스까지 라리가로 갔지 않습니까? 그런 상황에서 윤민혁 선수만 프리미어리그에 남았다는 건 경쟁을 피하는 걸로 보이지 않을까요?"

"그래요? 그럼 우리가 챔피언스리그 우승하면 되겠네. 그럼 호날두가 절 피해서 도망간 게 되는 거 맞죠?"

스페인에서 온 기자는 당황하며 버벅였다. 최고가 되려면 라리가에서 실력을 증명하란 뜻으로 꺼낸 말이 완벽히 반박 당해 버린 것이다.

그러자, 가제타 델로 스포르트의 알베르토라 밝힌 금발의 기자가 그의 뒤를 이어 질문을 던졌다.

"그럼 다른 방향에서 질문을 드리겠습니다. 방금 벵거 감독께선 새 선수의 영입이 필요 없다고 하셨는데, 아스날 선수들도 같은 생각을 가지고 있나요? 파브레가스 같은 핵심 선수의 이탈이 긍정적인 영향을 줄 것 같진 않은데요."

"이적 시즌 사흘 후면 끝나요."

민혁은 피식 웃어 보인 후 말을 이었다.

"이번 시즌은 몇 달 남지 않았죠. 새로 선수를 영입해서 조직력을 해치는 것보다는, 감독님 말씀대로 남은 선수들이 좀 더 열심히 뛰면 된다고 봅니다. 물론 저도 열심히 뛸 생각이고요."

"파브레가스를 잃은 아스날이 우승을 할 수 있다고 보시는 겁니까?"

"당연하죠. 이미 맨유나 첼시보다 9점이나 앞서고 있는데 못 할 이유가 있나요?"

질문을 던졌던 알베르토는 어깨만 으쓱했다. 리그 후반기에 들어선 지금, 승점 9점은 꽤나 큰 점수 차였다.

그 뒤를 이어, 또 다른 기자가 입을 열었다.

"이건 좀 무례한 질문일 수 있는데, 새 선수의 영입을 바라지 않으시는 건 아닌가요?"

"왜요?"

"최근 파브레가스 선수와 윤민혁 선수는 출전 명단에서 겹치는 일이 드물었죠. 이건 다른 말로 하면 한자리를 두고 경쟁을 하던 사이라는 이야기로 해석됩니다. 그러던 차에 파브레가스가 바르셀로나로 갔다는 건 경쟁이 끝났다는 의미니, 여기서 새로운 경쟁을 하게 되는 게 달갑지는 않으실 텐데요."

그는 다소 도발적인 질문을 꺼냈다. 쉽게 말해 겁먹은 게 아니냐는 이야기였다.

민혁은 그의 도발에 넘어가지 않았다.

"저 발롱도르 2위 한 지 얼마 되지도 않았거든요?"

웃으며 답한 민혁은 진지한 표정으로 말을 이었다.

"절 움츠러들게 하고 싶으면 마라도나를 데려오세요."

*　　　*　　　*

민혁의 장담은 경기에서 증명되었다. 최근 플라미니가 흔들리면서 민혁과 파브레가스가 번갈아 나오는 일이 잦았던 아스날이라 파브레가스의 공백이 생각보다 적게 느껴지기도 했고, 원래보다 건강해진 로시츠키와 디아비가 그 자리를 잘 메워 준 덕분이었다.

그 결과, 아스날은 리그에서 계속해서 연승을 이어나갔고, 챔피언스리그 16강 1차전에서도 4 대 2 승리를 거둘 수 있었다. 상대 팀이 한창 주가를 올리고 있던 포르투임을 생각하면 만족할 만한 결과였다.

"2차전도 이기면 바르셀로나지?"

"…그러네."

바르셀로나도 아스날만큼 좋은 분위기를 타고 있었다. 그들 역시 리그에선 1패만을 기록했고, 그 외엔 코파 델 레이와 챔피언스리그 조별 예선에서 기록한 2패가 이번 시즌 기록한 패배의 전부였다.

"세스크도 바르셀로나에서 날아다니던데?"

"능력이 되니까."

바르셀로나로 이적한 파브레가스는 민혁의 예상보다 좋은 활약을 보이고 있었다. 압박에 약하고 직선적인 축구를 한다는 점은 달라지지 않았지만, 그런 플레이가 즐라탄 이브라히모비치와는 잘 맞았던 덕분이었다.

그로 인해, 바르셀로나는 전술의 다양성을 좀 더 확보할 수 있었다. 사비와 이니에스타, 그리고 메시로 이어지는 티키타카와, 즐라탄과 파브레가스의 조합으로 이뤄지는 직선적인 축구라는 선택지를 가지게 되었기 때문이었다.

"바르셀로나는 나중에 생각하고, 일단 다음 경기에 집중해야지."

"제법 주장 티 나네?"

"나 주장 맞거든."

민혁은 주장 완장을 벗으며 웃었다. 팀 분위기가 좋아서인지 주장이라고 해도 딱히 신경을 써야 할 일이 없는 느낌이었다.

아스날은 그 뒤로 이어진 경기에서도 순항을 이어갔고, 본래대로라면 램지의 다리가 부러졌어야 할 스토크전도 무사히 치렀다. 송과 램지 대신 민혁과 나스리가 중원을 차지한 덕분이었다.

그로부터 열흘 후.

에미레이츠 스타디움에 FC 포르투의 선수들이 도착했다. 챔피언스리그 16강 2차전 때문이었다.

"윤?"

경기를 준비하던 민혁은 자신에게 말을 거는 포르투 선수를 보고는 고개를 갸웃했다. 1차전에선 보지 못했던 선수였다.

'누구지?'

민혁은 어색함을 지우지 못했다. 분명 처음 보는 사람인데 굉장히 반가운 기색을 보이고 있었기 때문이었다.

"곤니치와(こんにちは: 안녕)."

"엥?"

민혁은 당황했다. 여기서 일본어를 듣게 될 줄은 몰라서였다.

그러던 민혁은 상대의 얼굴을 유심히 보고서야 상황을 이해했다. 상대가 일본에서 무려 3년을 뛰었던 헐크(Hulk)임을 알아챈 것이다.

"헐크?"

헐크는 기쁜 표정으로 고개를 끄덕였다. 민혁이 자신을 알아보는 것에 기분이 좋아진 것 같았다.

하지만 이어진 말은 그를 당황시켰다.

"근데 나 한국인인데 왜 일본어를……."

"……."

헐크는 잠깐 머뭇거리다 말을 이었다. 일본에 있는 동안 민혁을 일본이 키웠다는 소리를 귀에 못이 박히도록 들었던 헐크였기에, 당연히 민혁이 일본인이라 생각하고 있었다는 내용이었다.

그에게 그 이야기를 들은 민혁은 코웃음을 친 후 내용을 정정해 주었다.

"나 일본에서 2년도 제대로 안 뛰었어. 그나마 기술을 가르쳐 준 것도 일본 코치가 아니라 드라간 스토이코비치였고, 그 사람한테도 배운 건… 음……."

민혁은 애매한 표정을 지었다. 드리블 기술 조금 배운 거 빼고는 딱히 배운 게 없는 느낌이었다.

"아무튼 반가워."

헐크는 민혁의 손을 붙잡고 흔든 후 자신의 유니폼과 민혁의 유니폼을 번갈아 가리켰다. 경기가 끝난 후 유니폼을 교환하자는 이야기였다.

굳이 거절할 이유가 없던 민혁은 고개를 끄덕인 후 벤치에 앉았다. 체력 안배 문제로 인해 이번 경기에선 교체 명단에 들어가 있었기 때문이었다.

그렇게 시작된 경기는 일방적인 흐름으로 진행되었다. 원톱으로 나온 벤트너는 해트트릭을 기록하는 괴력을 선보여 응원을 온 아스날 팬들을 흔절하게 만들었고, 윙으로 나온 로시츠키는 후반 16분에 부상으로 나갔음에도 3개의 어시스트를 기록해 맨 오브 더 매치로 꼽혔다.

그를 대신해 경기장에 들어선 민혁은 30분을 뛰는 동안 1개의 골과 1개의 어시스트를 기록했다. 이미 4 대 0으로 스코어가 벌어져 의욕을 잃은 상대가 집중을 잃은 덕분이긴 했지만,

그래도 조금만 더 뛰었더라면 로시츠키 대신 맨 오브 더 매치로 뽑혔을 거라는 게 관중들의 중론이었다.

헐크와 유니폼을 교환하고 온 민혁은 담담한 태도로 인터뷰를 마쳤다. 로시츠키가 병원에 실려 갔기 때문에 하게 된 인터뷰였다.

"상대요?"

민혁은 포르투갈에서 온 기자의 질문에 머리를 긁었다. 딱히 생각을 해본 문제는 아니어서였다.

"다음 상대는 바르셀로나 아니면 슈투트가르트인데요. 대부분의 사람들이 FC 바르셀로나가 아스날의 상대가 될 거라고 예상하고 있습니다. 그들이 올라온다면 매우 힘든 싸움이 될 것 같은데, 아스날의 새로운 주장으로서 밝히실 포부라던가……."

"그런 거 없는데요."

민혁은 어깨를 으쓱한 후 말을 이었다.

"바르셀로나 이겨봐야 4강이잖아요. 그런 질문은 결승전 전날에 받는 게 맞는 것 같은데요?"

"네?"

"바르셀로나든 어디든, 8강 상대한테는 별 관심 없다고요. 어차피 이겨서 올라갈 거니까."

질문을 던진 기자는 당혹감에 젖은 표정으로 입을 벌렸고,

다른 기자들은 연방 카메라 셔터를 눌러대며 민혁의 모습을 담기에 바빴다. 이런 도발적인 내용의 인터뷰에 어울리는 표정을 짓고 있었기 때문이었다.

그로부터 일주일이 지나, 아스날의 8강 상대가 결정되었다.

*　　　　*　　　　*

─한국의 시청자 여러분 안녕하십니까. 2009-10 챔피언스리그 2차전, 아스날 대 바르셀로나, 바르셀로나 대 아스날 경기를 중계하게 된 캐스터 송영준.

─해설자 조용찬입니다.

중계를 시작한 두 사람의 얼굴엔 묘한 기대감이 자리하고 있었다. 아스날에서 이적한 세스크 파브레가스와 민혁의 맞대결이 예상되는 경기기에, 그 스토리에 관심을 가진 사람들로 시청률이 폭등할지도 모른다는 생각을 하는 것 같았다.

─이번 경기는 참 이목을 많이 끄는 경기 아닙니까? 세스크 파브레가스 선수 때문에 말이죠.

─그렇습니다. 윤민혁 선수와 함께 프리미어리그 최고의 미드필더로 꼽히던 파브레가스가 이번 1월에 아스날을 떠나 고향으로 돌아갔죠. 아직 사비 에르난데스가 건재하기 때문에 바로 주전을 차지하진 못했습니다만 즐라탄 이브라히모비치

와의 조합이 아주 좋아요. 그래서 전술에 따라서 주전과 백업을 왔다 갔다 하는데, 이번 경기에선 주전으로 나올 거라는 예상을 하는 사람들도 있습니다.

　—조용찬 해설께선 어떻게 생각하시나요?

　—에… 저는 이번 경기에선 즐라탄과 파브레가스가 나올 거라고 생각합니다. 이번 경기가 바르셀로나 입장에선 원정이지 않습니까?

　—그렇죠.

　—그렇기 때문에 에미레이츠 스타디움에 익숙한 파브레가스를 선발로 내보내고, 이 파브레가스의 스루패스에 이은 즐라탄의 슛으로 득점을 노릴 가능성이 큽니다. 원정 다득점 원칙이 적용되는 대회니까요.

　조용찬 해설의 이야기를 듣고, 송영준 캐스터는 고개를 갸웃했다. 즐라탄과 파브레가스의 조합이 좋은 건 맞지만 메시를 살리기엔 조금 부족하다 느꼈기 때문이었다.

　—사비 에르난데스 선수와 안드레아스 이니에스타 선수보다는 세스크 파브레가스 선수가 공격적인 면에서 뛰어나다고 보시는 건가요?

　—그것도 있고, 여기가 아스날의 홈인 것도 있고 그런 이유죠.

　—네, 알겠습니다. 아스날 홈이기 때문에… 아, 선발 명단

나옵니다. 먼저 아스날 선수들을 확인해 보시겠습니다.

아스날은 4-3-3 전술을 들고 나왔다. 톱에는 언제나처럼 반 페르시가 자리 잡고 있었고, 양쪽 윙은 나스리와 월콧이 자리하고 있었다.

그 아래는 민혁과 디아비, 그리고 송으로 이어지는 구성이었고, 아래는 클리시와 고딘, 베르마엘렌과 사냐로 이어지는 수비진이 있었다. 골키퍼는 디에고 로페스였다.

바르셀로나의 명단은 조용찬 해설의 예상과 부합했다. 즐라탄 이브라히모비치가 원톱, 티에리 앙리와 리오넬 메시가 양쪽 윙에 자리하고 있는 형태였다.

미드필드는 세스크 파브레가스와 야야 투레, 그리고 세이두 케이타가 자리하고 있었다. 거기에 다니 알베스와 카를레스 푸욜, 헤라르드 피케와 에릭 아비달이 자리한 포백은 그 어느 팀이라도 공포를 느낄 만한 구성이었다.

유일한 단점이라면 발데스가 자리한 골키퍼였으나, 과연 그가 있는 곳까지 갈 수나 있을까 싶은 느낌이었다.

─오늘 바르셀로나엔 아스날 팬들이 반가워할 선수가 있습니다. 티에리 앙리죠.

─그렇습니다. 앙리 선수가 아스날을 떠난 지도 오래됐지만, 아직도 앙리 선수를 그리워하는 팬들이 많죠. 킹 앙리 아닙니까.

─이제 그 자리를 윤민혁 선수가 물려받았는데, 윤민혁 선수도 킹으로 불릴 수 있을까요?

─저는 충분히 가능하다고 봅니다. 이미 앙리의 기록을 하나 깨지 않았습니까?

─시즌 최다 어시스트 말씀이시군요.

─그렇습니다. 거기에 앙리가 해냈던 발롱도르 2위도 따라잡았죠. 윤민혁 선수에게 부족한 건 단지 아스날에서 뛴 시간일 뿐이라고 생각합니다.

─아, 말씀드리는 순간, 경기 시작됩니다. 아스날 대 바르셀로나, 바르셀로나 대 아스날의 경기. 지금부터 지켜보시죠.

스위스 출신인 마시모 주심의 휘슬로 시작된 경기는 초반부터 탐색전 없이 시작되었다. 양 팀 모두 분위기가 좋고 자신들의 실력에 자신감을 가지고 있었기 때문이었다.

경기는 굉장히 직선적이었다. 드리블과 탈압박이 좋은 민혁과 디아비가 중원을 차지한 아스날은 짧은 패스와 드리블로 중앙을 거쳐 공격을 진행해 갔고, 파브레가스와 즐라탄, 메시와 앙리가 버티고 있는 바르셀로나는 스루패스와 측면돌파를 통한 공격을 이어나가다 중요한 순간마다 메시의 드리블로 수비진을 허무는 방식을 사용했다. 아직은 메시의 활동량이 나쁘지 않은 시기라 가능한 방식이었다.

─리오넬 메시, 메시… 아, 디에고 로페스 선방입니다. 엄청

난 드리블에 이은 엄청난 슈팅이 나왔는데요, 그걸 또 슈퍼세이브가 나타나서 끊어주네요.

메시는 파브레가스에 이은 앙리의 패스를 받아 페널티박스에서 베르마엘렌을 제치고 슛을 날렸다. 하지만 디에고 로페스의 감각적인 펀치로 골은 넣지 못했는데, 알무니아였다면 손도 쓰지 못했을 감각적인 슛이었다.

다니 알베스는 공을 받아 코너킥을 올렸다. 즐라탄과 베르마엘렌의 몸싸움은 당연하다는 듯이 즐라탄의 승리로 끝났으나, 그의 헤딩은 앞에 있던 디아비의 몸에 맞고 앞으로 흘렀다.

메시와 함께 공을 따라 달려간 민혁은 아슬아슬하게 공을 먼저 잡아 턴으로 메시를 떨쳐낸 후, 곧바로 사냐가 있는 방향으로 공을 밀었다. 공이 조금만 더 멀었더라면 메시에게 공을 내어 줄 뻔했던 상황이었다.

'빠르네.'

민혁은 혀를 내둘렀다. 자신도 많이 빨라졌지만 메시도 엄청 빠르다는 느낌이었다.

그 경합을 지켜본 중계진은 다시 이야기를 이어나갔다.

―이번 경기의 관심은 파브레가스 선수에게 쏠려 있지만, 사실 이 경기는 리오넬 메시와 윤민혁 선수의 싸움이라고 봐야 할지도 모릅니다. 작년 발롱도르 1위와 2위를 한 선수들

아닙니까?

—그렇습니다. 특히 윤민혁 선수에겐 아주 중요한 경기죠. 아시다시피 크리스티아누 호날두와 세스크 파브레가스가 라리가로 이적한 이후, 프리미어리그가 스페인 라리가에 밀리는 게 아닌가 하는 여론이 거센데요. 여기서 아스날이 지게 되면 그 여론이 사실로 굳어지는 분위기가 될 겁니다.

—사실 좀 재미있는 게, 라리가 중상위권 클럽의 에이스는 전부 프리미어리그 팀이 사 간단 말이죠. 그런데 최상위권 팀의 에이스들은 레알이나 바르셀로나에서 데려가지 않습니까?

—그렇습니다. 이번 시즌에만 크리스티아누 호날두와 세스크 파브레가스, 그리고 사비 알론소가 라리가로 이적했고요, 그 전을 생각하면 데이비드 베컴이나 마이클 오언, 니콜라스 아넬카, 티에리 앙리 등등 쟁쟁한 스타들이 모두 레알이나 바르셀로나로 이적을 했죠.

—거기에 레알 마드리드의 플로렌티노 페레즈 회장은 윤민혁 선수를 계속 노리고 있어요. 세계 축구의 중심이 잉글랜드 프리미어리그에서 스페인 프리메라리가로 넘어가는 게 아니냐는 이야기가 나올 수밖에 없다고 봅니다.

—아마 이번 경기가 그 이야기에 종지부를 찍을지도 모릅니다. 아스날이 바르셀로나에게 대패를 하면 리그 수준 이야기가 나오지 않을 수 없어요. 둘 모두 각각의 리그에서 최강으

로 꼽히는 팀들이니까요.

중계진의 이야기는 이미 많은 언론사에서 다루고 있는 화제였다. 사실상 잉글랜드의 언론들까지도 세계 축구계의 헤게모니가 스페인으로 넘어갔다는 이야기에 동의하고 있었다. 스페인 라리가의 바르셀로나가 이룩한 6연패와, 바르셀로나 및 레알 마드리드의 선수단으로 이루어진 스페인 대표 팀이 유로 2008에서 우승을 따냈기 때문이었다.

아직 월드컵 우승이 없다는 반론도 없지는 않았으나, 곧 열릴 2010 남아공 월드컵의 우승국 1순위로 스페인이 꼽힘을 생각하면 그다지 의미 있는 반론은 아니었다.

—아… 아스날의 반격 무위로 돌아갑니다. 반 페르시의 슈팅이 피케 선수의 몸에 맞고 스로인으로 이어지네요.

—슈팅 과정은 괜찮습니다. 그보다 그 전에 이어진 패스가 별로 좋지 않았죠. 알렉스 송 선수의 패스였는데요, 아무리 생각해도 알렉스 송 선수가 다른 선수들에 비해서 너무 처지는 느낌이에요. 아스날 이래선 안 좋습니다.

—플라미니 선수가 아니라 송 선수가 나온 이유가 뭘까요?

—그건 감독만이 알겠죠.

—아, 네…….

순식간에 어색해진 중계진이 입을 다문 사이, 아스날의 공격이 재개되었다.

드리블로 왼쪽을 허물던 민혁은 바닥을 굴렀고, 빠르게 달려온 마시모 주심은 휘슬을 불었다. 아야 투레가 민혁을 손으로 밀었다는 이유였다.

하지만 카드는 나오지 않았다. 수비진이 세 명이나 버티고 있었기에 결정적인 찬스는 아니라고 판단한 모양이었다.

아스날은 프리킥을 준비했다.

─윤민혁 선수와 반 페르시 선수가 프리킥을 준비합니다. 윤민혁 선수가 프리킥을 준비하는 건 처음이죠?

─아스날에서는 전문 프리키커가 없죠. 그나마 로빈 반 페르시가 자주 차기는 하는데, 프리킥을 잘 차는 선수여서가 아니라 찰 만한 선수가 없어서예요.

─아르샤빈 선수는 유로 2008에서 러시아의 프리킥을 담당하지 않았었나요?

─하지만 딱히 정확했던 것도 아니고, 무엇보다 오늘 출전 명단에 없습니다. 아스날은 아르샤빈 대신 월콧을 선택했는데, 아마 지금쯤 벵거 감독은 그 선택을 후회하고 있을지도 몰라요.

민혁은 등 뒤로 손을 돌려 월콧에게 신호를 보냈다. 고개를 갸웃하던 월콧은 입을 벌린 후 고개를 끄덕였고, 그것을 확인한 민혁은 숨을 길게 내쉰 후 천천히 물러나 프리킥을 준비했다.

그와 동시에 물러나 있던 반 페르시는 공을 향해 달려가다 사선으로 비켜남으로써 바르셀로나의 수비를 교란시켰다. 거기에 움찔한 바르셀로나의 수비진들은 민혁이 공을 찬 시점에선 동작이 생각보다 커지고 말았고, 민혁이 찬 공은 훌쩍 뛰어오른 수비벽 아래를 지나 박스로 침투한 월콧에게 이어졌다.

월콧은 강한 슛으로 골망을 흔들었다. 아스날의 선제골이었다.

─월콧! 테오 월콧 골입니다! 수비벽 아래를 지나가는 휘어지는 패스! 월콧 선수가 달려들어 골망을 흔듭니다!

─아, 정말 놀랍습니다. 당연히 직접 찰 거라고 생각했거든요.

─바르셀로나의 빅토르 발데스 허망한 표정을 짓습니다. 프리킥을 저런 식으로 찰 거라고는 생각도 못 했다는 표정이에요.

─그렇습니다. 보통 라리가에서는… 아, 골 장면 다시 나오는군요. 먼저 저걸 보면서 설명드리죠.

그들은 현지 방송국에서 보내준 골 장면을 바라보며 말을 이었다.

─지금 막 골을 넣는 장면이 다시 나오는데요. 월콧 선수의 스피드를 보십시오. 엄청나지 않습니까?

─그렇습니다. 비록 국내외 팬분들에게 뇌가 없는 선수라고 불리는 월콧이지만 스피드는 정말 엄청나거든요. 저 골은 월콧이 아니면 나올 수 없는 골이었어요!

―윤민혁 선수의 패스도 아주 좋았죠. 세스크 파브레가스 선수가 아스날에서 뛸 때 가끔씩 보여주었던 스루패스가 생각나는 루트였습니다. 상대방의 허를 완전히 찔렀어요.

골 장면이 끝나자, 고개를 젓는 앙리의 모습이 현지 카메라를 통해 이어졌다. 완전히 허를 찔렸다는 표정이었다.

해설진은 그를 보고는 신난 듯이 말했다.

―티에리 앙리 혀를 내두르며 고개를 젓습니다. 아마 자신이 아스날에서 뛸 때 피레스가 보내줬던 PK 패스가 생각날 거예요.

―하지만 앙리 선수는 그걸 놓쳤죠. 월콧 선수는 넣었습니다. 더 힘든 프리킥 패스였는데 말이죠.

―정확히 말하면 피레스의 미스였죠. 아무튼 이번 골은 월콧과 윤민혁 선수가 티에리 앙리와 로베르 피레스의 활약을 완벽하게 재현할 수 있을지도 모른다는 기대를 품게 하는 골이었습니다.

―조용찬 해설께선 꿈이 너무 크신 것 같습니다. 윤민혁 선수는 몰라도 월콧 선수가 앙리 선수의 자리를 채운다는 건…….

조용찬 해설은 반론을 듣고는 헛기침만 내뱉었다. 다시 한 번 생각하니 그건 좀 아닌 것 같았다.

송영준 캐스터는 그를 놓아두고 입을 열었다.

―현재 스코어 1 대 0. 바르셀로나의 공으로 플레이 재개됩니다.

*   *   *

바르셀로나의 공격은 큰 힘을 발휘하지 못했다.

파브레가스의 플레이 방식을 아는 아스날 선수들은 원톱인 즐라탄과 파브레가스 사이를 비우지 않았고, 가로막힌 즐라탄을 대신해 분전하던 이니에스타는 고질적인 약점인 골결정력으로 인해 공을 두 번이나 날려 버렸다.

그나마 메시가 위협적인 장면을 한 번 더 만들었지만, 그 직후 이어진 민혁과 월콧, 반 페르시의 역습을 얻어맞고는 플레이가 위축되는 기미를 보였다. 그로서도 아스날의 역습을 신경 쓰지 않을 수 없는 것 같았다.

바르셀로나의 감독 과르디올라는 선수를 교체해 전술을 바꿨다. 세이두 케이타와 즐라탄 이브라히모비치를 빼고, 그 대신 사비 에르난데스와 세르히오 부스케츠를 내보낸 것이다.

―아, 바르셀로나 선수를 교체합니다. 즐라탄과 케이타를 빼고 사비와 부스케츠를 내보내네요.

―즐라탄 선수 황당해하는 표정입니다. 지고 있는데 어떻게 자신을 빼느냐는 이야기를 하는 것 같은데요.

—이렇게 시간을 끌면 바르셀로나 입장에서 좋을 게 없죠. 지는 팀 입장에선 일분일초가 굉장히 귀중하거든요.

버티려던 즐라탄은 욕설을 내뱉은 후 고개를 저으며 밖으로 나갔다. 그러자 메시가 그가 있던 자리로 이동했고, 메시가 있던 오른쪽 윙은 파브레가스가 차지하는 형태가 되었다. 이니에스타와 메시, 파브레가스로 이어지는 공격진 구성이었다.

그 아래는 사비와 아야 투레, 그리고 부스케츠가 자리했다.

뱅거도 그에 맞춰 선수를 바꿨다.

—아스날도 선수를 교체합니다. 알렉스 송 들어가고 플라미니가 나오네요.

—오늘 송 선수가 별로 좋지 않았죠. 그럼에도 계속 송을 쓰다가 이 시점에 플라미니로 바꿨다는 건 처음부터 의도된 교체라는 뜻입니다. 아마도 플라미니 선수의 활동량으로 사비 에르난데스를 괴롭히려는 게 아닌가 싶네요.

—바르셀로나의 에이스는 메시지만 엔진은 단연코 사비니까요. 사비 에르난데스를 막으면 바르셀로나가 죽어버린다는 생각일까요?

—원론적으로는 그게 맞다고 봅니다. 하지만 사비 에르난데스를 잡기란 쉽지 않겠죠. 스페인에서 탈압박이 가장 좋은 선수는 이니에스타지만 사비도 이니에스타 못지않거든요.

—바르셀로나 선수들이 대부분 탈압박이 좋죠. 그래도 계

획득된 교체가 맞다면 기대를 해볼 만하겠습니다.

하지만 기대는 실망으로 돌아왔다.

플라미니는 사비와 이니에스타의 연결을 끊지 못했다. 활동량과 투지는 엄청났지만 기술적인 부분에서는 사비의 탈압박을 막을 수 없었기 때문이었다.

─리오넬 메시 공 잡았습니다. 드리블 돌파!

─베르마엘렌 간신히 막아냅니다. 운이 좋았어요!

아스날은 탈취한 공을 전방으로 연결했다. 중간에 공을 받은 디아비가 투레를 제치느라 주춤한 것 외엔 끊임없이 패스가 이어진 상황이었고, 마지막으로 공을 받은 반 페르시는 공중에 뜬 공을 그대로 후려쳐 골대를 노렸다. 한 편의 그림 같은 발리킥이었다.

공은 발데스의 손을 스치고 골대에 맞더니, 그대로 골문으로 들어가 골망을 흔들었다.

─아스날 추가골! 2 대 0을 만듭니다!

─아… 정말 멋진 발리킥이었어요. 장인의 숨결이 느껴지는 동작이었습니다. 반 페르시 선수다운 골이에요. 쉬운 건 못넣어도 어려운 건 기가 막히게 넣는 선수죠.

중계진의 찬사는 한동안 이어졌다.

하지만 그 찬사는 불과 3분 만에 다른 선수의 것으로 바뀌었다. 측면에서부터 중앙으로 공을 몰고 들어온 이니에스타가 페널티박스 안으로 짧은 패스를 넣어주었고, 플라미니와 고딘의 사이를 배회하던 메시가 달려들어 그 패스를 골로 연결했기 때문이었다.

—바르셀로나의 리오넬 메시, 안드레아스 이니에스타의 패스를 받아 골을 만듭니다!

—굉장히 간결한 드리블이었습니다. 낭비라고는 전혀 보이지 않는 움직임이었죠?

—그렇습니다. 바르셀로나의 에이스는 리오넬 메시지만, 사실 탈압박이 가장 뛰어난 건 안드레스 이니에스타죠. 메시만큼의 스피드와 골결정력만 있었다면 이니에스타가 바르셀로나의 에이스였을 거예요.

—그게 없으니까 조력자로 남은 거겠죠.

—뭐… 그렇긴 합니다.

고딘은 혀를 내밀고 고개를 저었다. 비야레알 시절에 당했던 걸 팀을 옮겨서도 당해야 한다는 사실에 짜증이 치미는 모양이었다.

"왜?"

"…그냥."

민혁은 인상을 쓴 고딘의 어깨를 툭 치곤 전방으로 향했다. 흐름이 좋진 않지만 이기고는 있으니 너무 신경 쓰지 말라는 신호였다.

반격을 얻어맞은 아스날은 천천히 공을 돌리며 기회를 엿봤다. 하지만 그것도 쉽지는 않았는데, 바르셀로나 선수단에 비해 아스날 선수들의 기술이 현저히 떨어졌기 때문이었다.

—아스날 선수들 굉장히 불안한 모습을 보입니다. 바르셀로나의 압박이 강해지고 있어요.

—기본적으로 바르셀로나 선수들에 비해 아스날 선수들의 기술적 능력이 떨어지니까요. 윤민혁 선수와 디아비 선수만 바르셀로나 선수들과 비교가 가능할 정도잖습니까?

—그렇습니다. 아스날 팬들로서는 안타까운 부분이겠습니다만, 아스날엔 메시와 이니에스타, 그리고 사비와 부스케츠로 이어지는 바르셀로나의 척추 라인에 비견할 만한 중심축이 안 보여요.

—그게 잉글랜드 축구와 스페인 축구의 차이점입니다. 직선적이고 피지컬적인 잉글랜드와 기술적이고 조직적인 축구를 지향하는 스페인의 선수 육성 방식이 저런 차이를 낳은 거죠. 잉글랜드의 방식으로 스페인을 누르려면 데이비드 베컴이 꼭 필요한데, 지금 아스날엔 그런 선수도 없고 그런 식의 축구를 하지도 않아요. 스페인식 축구를 잉글랜드 축구에 익숙한 선수들로 한다는 겁니다.

—그런데 지금 아스날엔 잉글랜드 선수가 딱 한 명인데요… 월콧을 빼면 다 잉글랜드 사람이 아닙니다.

―선수의 국적이 아니라 방식이 중요한 거죠. 어떤 식의 축구를 하느냐가 문제라는 거예요.

―네, 알겠습니다. 아, 지금 막 바르셀로나로 공이 넘어갔습니다. 야야 투레, 몸싸움으로 공을 확보합니다.

야야 투레는 몸싸움으로 아스날 선수들을 밀어내곤 측면으로 공을 보냈다. 아스날의 그 누구도 상대를 하지 못할 피지컬의 소유자다운 움직임이었다.

공은 사비에게 흘러갔고, 그는 달려드는 플라미니를 턴 동작 하나로 흘려보내곤 그대로 패스를 넣었다. 파브레가스에게로 이어지는 롱패스였다.

파브레가스는 그 공을 다시 전방으로 보냈다. 아스날에서도 자주 보여주었던 완벽한 원터치 스루였다.

공은 반대편에서 침투한 앙리의 발에 닿았고, 앙리는 당연하다는 듯이 공을 골문 안으로 밀어 넣었다.

중계진은 외쳤다.

―티에리 앙리 득점! 2 대 2가 됩니다!

*   *   *

8강 1차전은 2 대 2로 끝났다.

초반의 상승세를 잃어버린 아스날은 무승부를 거뒀음에 만족해야 했다. 2차전이 바르셀로나의 홈인 누 캄프에서 열림을 생각하면 입맛이 쓸 수밖에 없었다.

"힘들어졌네."

민혁은 TV를 보며 중얼거렸다. 얼마 전 뉴캐슬에서 잘리고 다시 해설자로 돌아간 잉글랜드의 전설 앨런 시어러가 나오는 프로그램이었다.

시어러는 지난 챔피언스리그 8강 1차전을 짚으며 아스날의 전술을 혹평했다. 민혁과 월콧의 허를 찌른 플레이로 선제골을 넣고, 그 기세를 살려 반 페르시의 추가골을 넣은 후 무리뉴식 버스 전술로 대응했다면 우세한 상황 속에서 경기를 끝냈으리라는 이야기였다.

하지만 민혁은 그런 평가에 동의하지 않았다. 아스날 선수단은 그런 축구에 익숙하지 않기 때문이었다.

"그랬다간 수비 라인도 못 맞춰서 뻥뻥 뚫렸을 텐데."

소위 말하는 버스 주차도 그것에 익숙한 선수들이나 할 수 있는 일이었다. 원래 수비 라인을 갖추는 것 자체가 결코 쉽지 않은 일인 데다, 아스날 선수들 대부분이 공격적인 성향을 가지고 있음을 생각하면 더욱 그랬다.

조금 더 TV를 보던 민혁은 시어러의 마지막 말엔 고개를 끄덕이고 말았다. 기본적인 전력비에서 아스날이 많이 떨어지기 때문에 누 캄프 원정은 쉽지 않으리란 이야기였다.

아스날 선수로서는 유쾌하지 않은 이야기지만, 지금의 바르셀로나 스쿼드는 무패 우승을 이뤘던 2003—04 시즌의 아스날보다도 우위에 있다는 주장도 있었다.

하기야 무패 우승을 이룬 아스날은 챔피언스리그 우승에 실패했으니, 아무래도 6관왕의 위업을 이룬 바르셀로나 앞에선 초라해지는 것도 사실이리라.

하물며 지금의 아스날이라면…….

"…내가 좀 더 잘하면 되지."

민혁은 TV를 끄고 일어나 옷을 갈아입었다. 한숨을 쉬면서 걱정을 하는 것보다는 훈련을 조금 더 하는 게 마음이 편할 것 같았다.

하지만 훈련장으로 간 민혁은 오히려 불편함을 더하고 말았다.

디아비가 병원에 실려 갔다는 이야기를 들었기 때문이었다.

*　　　*　　　*

2010년 4월 3일 오후 3시.

민혁은 관중석에 앉아 아스날과 울버햄튼의 경기를 기다렸다. 3일 뒤 열릴 챔피언스리그 8강 2차전 때문에 민혁을 비롯한 아스날 주전은 오늘 경기에 나오지 않았고, 때문에 오늘 경기장을 채운 아스날 선수들은 벤트너와 램지, 그리고 카를로스 벨라를 주축으로 한 2군이었다.

"오늘 이기면 우승 확정 아니었나?"

"아니야. 오늘 이겨도 나머지 다 지고 첼시가 나머지 다 이기면 첼시가 우승이거든."

플라미니는 땅콩을 까 입에 넣고 우물대며 말했다. 울버햄튼 정도야 2군 멤버들로도 상대가 가능할 거라는 믿음이 있는 건지, 아니면 이 경기 후에도 다섯 번의 리그 경기가 남아 있다는 것을 떠올리고 걱정하지 않는 건지 모를 표정이었다.

"첼시도 다 이기진 못할걸? 오늘 맨유랑 하고 리버풀도 있잖아."

"첼시가 오늘 맨유 이겼어."

"그래?"

"오는 길에 본 TV에 결과가 나오더라고. 맨유는 마케다인가 하는 애가 1골 넣고, 첼시는 조 콜이랑 드록바가 넣어서 2 대 1로 첼시가 이겼다더라."

"맨유가 잡아줬어야 좀 더 안심이 되는데."

"맨유도 아직 경쟁에서 탈락 안 했잖아. 우리가 다 지고 첼시가 두 경기 이상 지면 맨유도 우승할 수 있어."

플라미니와 베르마엘렌이 땅콩을 나눠 먹으며 이야기를 나누는 동안, 심판의 휘슬로 경기가 시작되었다.

경기는 다소 지루하게 흘러갔다. 울버햄튼은 잉글랜드 축구의 전형적인 전술로 아스날 2군을 몰아붙였고, 아스날 2군은 어설픈 패스 축구로 울버햄튼을 공략하다 공을 내주며 위기에 자주 빠졌다. 경기를 보는 민혁이 다 답답해질 지경이었다.

"벤트너 이 새끼야! 똑바로 못 하냐!"

민혁은 흠칫하며 고개를 돌렸다. 그러자 민혁의 번호가 새겨진 유니폼을 입은 50대 남성이 고래고래 욕설을 내뱉는 모습이 보였다. 어찌나 흥분했던지 들고 있던 핸드폰을 집어 던질 것만 같은 표정이었다.

'엄청 답답한가 보네.'

다시 고개를 돌린 민혁은 그럴 만하다는 표정을 지었다.

아스날 팬이면서도 반 페르시를 보다 벤트너를 보고도 속이 뒤집히지 않으면 세계 5대 성인에 들어갈 재목이 아닐까.

민혁이 그런 생각을 하고 있을 때, 아스날 팬들은 한바탕 욕설을 뱉은 후 서로를 보며 입을 열었다.

"벤트너도 주급 꽤 세지 않아?"

"지금 3만인가 3만 5천 받지?"

"곧 재계약한다던데."

"벵거 감독은 도대체 쟬 뭘 보고 데려온 거지?"

이야기를 듣던 민혁은 벤트너의 편을 들어주었다. 과대망상이 문제긴 해도 3순위 공격수로서는 나름 쓸 만한 선수였다.

"그래도 약팀 상대로는 골 좀 넣어요."

"헛소리하네. 그럼 울버햄튼 상대로는 골을 넣어야지. 누가 보면 울버햄튼이 강팀인 줄 알겠……."

분노를 토해내던 팬은 고개를 돌리자마자 태도를 바꿨다.

"…윤?"

"안녕하세요."

벤트너를 욕하던 아스날 팬들은 순식간에 벤트너의 존재를 잊어버렸다. 민혁과 플라미니, 그리고 베르마엘렌이 자신들의 옆에 있다는 걸 그제야 알아챘기 때문이었다.

그로부터 얼마 후.

다행히 벤트너는 주급값을 해냈다.

─니클라스 벤트너 골! 아스날이 후반 추가시간에 골을 터 뜨립니다!

벤트너는 머리로 가볍게 공을 받아 발 앞에 떨어뜨린 후 밀 어 넣어 골망을 흔들었다. 194㎝라는 신장을 적극적으로 활 용한 덕분이었다.

'어라?'

민혁은 방금 전 본 벤트너의 플레이를 복기해 보았다. 어쩌 면 저런 방식이 바르셀로나를 공략하기에 좋을지도 모른다는 느낌이 들어서였다.

그 후로도 생각에 잠겨 있던 민혁은 경기가 끝나자마자 뱅거를 찾아갔고, 라커룸에서 경기의 내용을 복기해 주던 벵거는 민혁에게 잠깐 기다리라는 제스처를 보였다. 오늘 경기에 나선 2군 선수들에게 해줄 말이 많은 것 같았다.

그러던 그는 주머니에 넣었던 핸드폰의 진동을 느끼고 말을 멈춘 후 전화를 들었다. 경기가 막 끝날 시간인 걸 알면서도 전화를 했다는 건 급한 용무라는 생각이 들어서였다.

약 1분 동안 통화를 이어간 벵거는 침울한 표정으로 입을 열었다.

"안 좋은 소식이 있다."

벵거는 한숨을 내쉬며 말을 이었다.

"로빈이 누웠다."

*   *   *

로빈 반 페르시는 골절상을 입어 병원에 입원하고 말았다. 방문을 닫다 실수로 오른쪽 새끼발가락을 찍어버린 탓이었다.

"진짜 할 말이 없다."

민혁은 질렸다는 얼굴로 고개를 저었다. 이 중요한 시점에 이 무슨 황당한 일이란 말인가.

"발가락 골절이면 최소 4주 아냐?"

"그러게. 이번 시즌 다 날아갔네."

민혁은 아르샤빈의 질문에 답을 던지곤 조용히 생각에 잠겼다. 반 페르시가 이렇게 어이없이 누웠으니 걱정이 이만저만 큰 게 아니었다.

가장 가능성이 높은 건 아르샤빈과 월콧을 투톱으로 두거나, 오늘 경기에서 골을 넣은 벤트너를 한번 믿어보는 선택지였다. 뭘 선택해도 절망밖에 남지 않을 것 같은 느낌이었다.

'차라리 내가 톱으로 뛴다고 할까.'

민혁은 진지하게 고민해 보았다. 그 자리에 별로 익숙하지 않은 자신이지만 벤트너보다는 훨씬 잘할 자신이 있었다.

하지만 그랬다간 아예 중원에서부터 탈탈 털릴 가능성이 높았다. 자신이 없는 미드필더진이 사비와 이니에스타, 그리고 부스케츠를 상대로 대등한 경기를 펼칠 거라고 생각하는 건 지나치게 낙관적인 이야기였다.

"총체적 난국이구나."

"뭐가?"

"다음 경기."

"톱에선 두두가 뛰지 않을까?"

"아직 컨디션 안 올라왔잖아. 지금은 차라리 벤트너가 나을걸."

플라미니는 어깨를 으쓱했다. 아무리 그래도 벤트너는 좀 아니지 않나 하는 표정이었지만, 에두아르도의 상태를 생각하면 차라리 벤트너가 나을지도 몰랐다.

"어차피 감독님이 결정하실 문제니까 걱정은 일단 접어두는 게 낫지. 안 그래?"

"그건 그렇네."

민혁은 아르샤빈의 말을 듣고는 고개를 끄덕였다. 이제 이틀밖에 남지 않은 경기라 걱정이 되는 것도 당연했지만, 해결책을 찾는 건 결국 감독의 몫이었다.

그로부터 이틀 후.

벵거는 아무도 예상하지 못했던 전술을 들고 나왔다.

*   *   *

─전국에 계신 시청자 여러분 안녕하십니까. KBC 스포츠의 송영준.

─조용찬입니다.

해설진은 언제나처럼 자신들을 소개한 후 이야기를 시작했다.

첫머리를 장식한 건 로빈 반 페르시의 부상 소식이었다.

─아스날에 안 좋은 소식이 있습니다. 로빈 반 페르시가 부상으로 나오지 못하게 되었다는군요.

─반 페르시 선수는 아스날의 주포 아닙니까? 아스날 팬들

로서는 굉장히 슬프겠어요.

—그렇습니다. 올 시즌 아스날을 보면 대부분의 골을 로빈 반 페르시 선수에게 의존하고 있죠. 물론 2선 공격력이 엄청난 팀이니만큼 윤민혁 선수를 비롯한 미드필더 자원들이 기록한 골도 숫자가 제법 되긴 합니다만, 아무래도 반 페르시 선수 없이는 힘들 겁니다.

—그런데 경기에서 부상을 당하지는 않았던 것 같은데요. 어떤 부상이죠?

—공식 홈페이지를 보면요, 이게 참 웃긴데… 냉장고에서 맥주를 꺼내서 방으로 돌아와 문을 닫다가 새끼발가락이 문지방과 문 사이에 끼어버린 모양이에요. 하필이면 문을 세게 닫는 바람에 새끼발가락이 골절상을 입었답니다.

송영준 캐스터는 마시던 물을 뿜었다. 다행히 대본으로 앞을 가려서 물이 카메라에 튀는 불상사는 없었다.

필사적으로 기침을 참은 그는 대본을 내리며, 약간 붉어진 얼굴로 화제를 돌렸다. 마침 양 팀 스쿼드가 나오는 시점이라 다행이었다.

—바르셀로나 대 아스날, 아스날 대 바르셀로나의 경기가 지금 막 시작되려 하고 있습니다. 먼저 홈팀 바르셀로나의 스쿼드를 보시겠습니다.

PD는 급히 화면을 전환시켰다. 숨을 쉬다 목에 물이 걸려

버린 송영준 캐스터가 방송 사고를 낼 것 같은 표정을 짓고 있었기 때문이었다.

화면엔 바르셀로나의 포메이션이 나오고 있었다.

바르셀로나는 6관왕을 이뤘던 시즌의 스쿼드를, 다시 말해 바르셀로나의 전성기 하면 떠오르는 스쿼드를 거의 그대로 들고 나왔다.

최전방엔 펄스 나인을 구현하는 리오넬 메시가, 그리고 양쪽 윙으로는 앙리와 페드로가 버티고 있었고, 그 아래에는 바르셀로나의 핵심인 사비와 이니에스타가 2선을 책임지고 있었다.

그들을 받쳐주는 건 세르히오 부스케츠였다. 한국에서 흔히들 말하는 세 얼간이 시스템이었다.

그사이 가까스로 몸을 가눈 송영준 캐스터가 입을 열었다.

—풀백은 에릭 아비달, 카를로스 푸욜, 헤라르드 피케, 다니 알베스. 골키퍼는 빅토르 발데스입니다.

—역시 예상했던 대로의 스쿼드를 그대로 들고 나왔네요. 저 스쿼드가 바르셀로나를 대표하는 스쿼드 아닙니까?

—사무엘 에투 선수가 인터 밀란으로 간 게 아쉽기는 합니다만, 리오넬 메시가 최전방에서 완벽한 전술 수행 능력을 보여주고 있어요. 어떤 의미에서는 에투가 있을 때보다 더 원활히 돌아간다고 할 수 있겠습니다.

―그렇습니다. 비록 전방에서의 공중볼 싸움과 스피드에서는 에투가 있을 때보다 떨어지지만요, 2선에 위치한 사비와 이니에스타 선수를 통한 연계는 지금이 더 훌륭하죠.

―자, 그럼 이번엔 원정팀 아스날의 스쿼드를 보시겠습니다.

그 순간 화면에 뜬 아스날 스쿼드는 해설진의 표정을 묘하게 만들었다.

―이건 좀 특이하네요. 4―2―4―0 포메이션이라고 해야 할까요?

아스날은 톱이 없는 형태의 진형을 들고 나왔다. 흔히들 생각하는 제로톱이 아니라, 정말로 톱을 두지 않고 미드필더를 빽빽하게 채우는 형태였다.

양쪽 윙은 나스리와 아르샤빈이, 그리고 그들 사이를 민혁과 램지가 채웠고, 그 아래는 플라미니와 송이 받쳐주고 있었다. 중원에 선수들을 밀집시켜 우위를 점한 후, 민혁과 아르샤빈의 침투를 통해 골을 넣겠다는 의도가 보이는 배치였다.

―반 페르시 선수의 부상으로 인해 고육지책을 들고 나온 모양이에요. 아무래도 니클라스 벤트너를 톱으로 세우기는 힘들었을 겁니다.

―거기다 벤트너 선수는 3일 전 리그 경기에서 풀타임을 뛰었죠. 물론 그 경기에서 골을 넣긴 했습니다만…….

―가끔 윤민혁 선수가 제로톱이나 원톱으로 나오는 경우도

있었잖습니까? 그런데 오늘은 왜 그런 배치를 하지 않았을까요?

―에… 아마 중원에서의 힘 싸움 때문일 겁니다. 아무래도 아스날의 미드필더들은 바르셀로나 선수들에 비해서 역량이 많이 떨어지니까요. 단적으로 아스날을 대표하던 두 명의 에이스 중 한 명인 세스크 파브레가스가 바르셀로나에서는 벤치에 앉아 있지 않습니까? 물론 양 팀의 전술 차이 때문이라고 생각할 수도 있겠습니다만… 어쨌거나 파브레가스를 에이스로 썼던 팀과 파브레가스를 벤치에 앉혀놓을 수 있는 팀의 차이는 크죠.

해설진의 말엔 틀린 구석이 하나도 없었다. 아스날에서는 민혁과 함께 에이스로 불렸던 파브레가스는 벤치를 따뜻하게 데우고 있었고, 그 옆에 앉아 있는 즐라탄 이브라히모비치는 껌을 잘근잘근 씹으며 메시를 노려보고 있었다.

그 두 선수 모두 아스날에 있었다면 오늘 경기에 선발로 나왔을 자원들임을 생각해 볼 때, 원톱에 세울 선수도 없어서 톱을 아예 비워 버린 아스날의 전력이 바르셀로나보다 한참 못하다는 건 인정할 수밖에 없는 사실이었다.

누 캄프를 채운 바르셀로나 팬들은 승리를 확신하고 있었다. 반 페르시가 있어도 전력상 우위를 점할 텐데, 그 반 페르시도 없으니 압도적인 우세에 놓였다는 판단을 하는 듯했다.

그와 반대로, 아스날 팬들은 시퍼렇게 죽은 얼굴로 소심하게 치어 업(Cheer Up)을 외쳤다. 그들 중엔 파브레가스를 욕하는 사람들도 있었는데, 그가 아스날에 남아 있었다면 민혁이 톱으로 나올 수 있었으리라는 생각을 했기 때문이었다.

중계진이 양쪽 팬들의 표정이 확연히 갈림을 설명하고 있을 때, 독일 출신의 주심이 휘슬을 물었다.

―볼프강 스타크 주심 휘슬 불었습니다. 경기 시작됩니다!

바르셀로나의 선축으로 시작된 경기는 모두의 예상과 비슷한 흐름으로 진행되었다.

바르셀로나는 특유의 축구를 선보이며 점유율을 극한까지 끌어 올렸다. 흔히들 티키타카(Tiqui―taca)라고 부르는 방식이었는데, 현재의 바르셀로나 축구는 크루이프가 이식한 원래의 점유율 축구와 달리 극단적인 숏패스의 조합으로 진행되었다. 아마도 구성원 대부분이 단신이라는 점이 크게 적용된 것 같았다.

―지금 경기가 시작된 지 10분이 지나가는데요, 아스날이 공을 잡은 시간을 다 합쳐도 3분이 안 될 것 같습니다. 아주 일방적인 경기네요.

―아스날은 지금 굉장히 혼란스러울 겁니다. 이런 식의 포메이션으로 경기에 나선 적이 없는 팀이니까요. 반 페르시 선수의 부상으로 인해 급조한 전술을 들고 나와서 바르셀로나

를 압도할 수는 없는 일 아니겠습니까?

—물론 그렇습니다만, 아스날 팬들로서는 참 가슴이 아픈 경기겠어요.

중계진은 바르셀로나의 낙승을 예견하고 있었다. 애초에 전력 차이도 크거니와, 불운까지 닥친 아스날에겐 승산이 없다고 보았던 것이다.

하지만 전반이 다 끝나가도록 점수는 나지 않았다. 티키타카는 숏패스와 롱패스를 조합해 상대방의 라인을 끌어 올리거나 상대의 진영을 비대칭적으로 만들어 공간을 확보하는데 목표를 두고 있는데, 톱을 비워 버리고 중원을 단단하게 채운 아스날은 선수가 끌어 올려지거나 진영이 흐트러져도 좀처럼 공간을 내어 주지 않았기 때문이었다.

—바르셀로나 계속해서 공 잡고 있습니다. 부스케츠에게서 사비에게로, 다시 이니에스타, 페드로…….

—바르셀로나가 공은 잘 돌리는데 침투가 되지 않고 있어요. 지금 지나치게 숏패스에 의존하고 있는데, 보시다시피 아스날 선수들이 중앙에 굉장히 빽빽하게 서 있거든요.

—하지만 롱패스를 시도하는 것도 쉽지는 않아 보입니다. 지금 바르셀로나 공격진과 미드필더진엔 부스케츠와 앙리를 제외하면 170㎝를 넘는 선수가 없어요. 반면 아스날엔 중원에도 180㎝를 넘는 선수가 둘이나 있거든요. 윤민혁 선수와 송

선수가 각각 182㎝와 184㎝ 아닙니까?

―거기에 램지와 송도 178㎝죠. 높이 싸움으로 가면 바르셀로나엔 승산이 없습니다.

그렇게 말을 받던 송영준 캐스터는 잠깐 고개를 갸웃하다 질문을 던졌다.

―그런데 이니에스타 선수는 171㎝ 아닌가요?

―축구선수는 보통 신발을 신고 재죠. 2~3㎝ 정도를 빼야 진짜 신장입니다.

―근데 그거야 아스날 선수들도…….

―이니에스타 송과 클리시 사이를 돌파합니다! 오랜만에 나온 찬스!

말이 막히자 이야기를 돌렸던 조용찬 해설은 이니에스타의 패스가 끊기자 탄식을 터뜨렸다.

―아, 디에고 고딘 패스 끊습니다. 저 선수가 비야레알 시절에도 저런 태클로 공을 잘 끊었죠.

―페드로 공 받아 라인으로 갑니다. 스로인, 이니에스타 공을 뒤로 돌립니다.

―윤민혁 선수 부스케츠를 압박합니다. 부스케츠 백패스, 발데스가 공을 받아 아비달에게 돌려줍니다. 아비달 전진, 아르샤빈 피해서 중앙으로. 사비가 내려와 받아줍니다.

바르셀로나 선수단이 볼을 돌리자, 자리에서 일어난 과르디

올라는 두 손을 모아 큰 소리로 지시를 내렸다. 무의미한 볼 소유를 싫어하는 그로서는 전진이 되지 않는 지금의 상황이 마음에 들지 않는 것 같았다.

그러는 사이, 플라미니가 알베스에게서 공을 탈취해 전방으로 달렸다.

"마티유! 여기!"

민혁은 플라미니의 이름을 외치며 주의를 끌었다. 플라미니는 민혁을 힐끗 보고는 그대로 패스를 보냈고, 민혁은 이니에스타와 비교해도 떨어지지 않을 스킬을 선보여 압박을 떨쳐내며 전방으로 달렸다.

―윤민혁 선수 단독 드리블! 아스날의 공격 찬스입니다!

―아, 받쳐주는 선수가 없어요. 앞에 공격수가 한 명만 있었어도 좋은 기회가 나왔을 텐데요.

조용찬 해설의 지적대로, 앞에서 공을 받아줄 선수가 없던 아스날은 민혁의 돌파를 기회로 이어가지 못했다. 기껏해야 페널티박스 바깥에서 날린 민혁의 슛이 유효 슈팅으로 이어졌다는 게 유일한 위안이었다.

"후……."

민혁은 한숨을 쉬며 고개를 저었다. 벤트너가 울버햄튼전에서 보였던 것과 같은 방식을 시도해 해결을 해볼 생각도 있었지만, 그럴 만한 상황이 좀처럼 나오지 않아 답답한 느낌도 들었다.

그 순간, 벵거도 잔뜩 찌푸려진 표정으로 경기장을 보았다. 이런 식의 축구는 그가 원하는 것과 달라도 너무 달랐다.

'생각대론 안 되나……'

그는 오른손으로 이마를 짚은 채 고개를 저었다. 계속 이런 식이라면 나스리 대신 벤트너를 넣어서라도 톱을 세우는 게 나을 것 같았다.

그렇게 이어지던 전반이 끝난 순간, 하늘에서 빗방울이 쏟아져 내렸다.

*　　*　　*

경기장을 촉촉히 적시던 빗방울은 조금씩 가늘어졌다. 아마도 국지성 호우인 모양이었다.

현지 방송국을 통해 영상을 송출받는 중계진은 그것까진 알아채지 못했고, 때문에 그들은 의외라는 반응을 보이며 상황을 설명했다.

─오늘 날씨는 맑다는 현지 예보가 있었는데 비가 오네요.

─지금이 4월이죠. 국지성 호우… 그러니까 소나기는 가끔 오기도 합니다. 북아프리카에서 밀려온 뜨거운 바람이 지중해의 습기 찬 공기를 만나 비를 뿌리게 하는 건데요, 이런 소나기가 없었으면 이베리아 반도나 이탈리아 남부도 사하라처럼

사막이 됐을 겁니다. 제가 20대 후반에 이탈리아 유학을 갔을 때 느꼈던 건데…….

—조용찬 해설님 이탈리아 유학파셨나요?

—전술 하면 또 이탈리아 아닙니까. 축구 공부를 하러 잠깐 갔었죠.

조용찬 해설은 자신이 유학파임을 드러낼 기회가 왔음에 반색하며 이탈리아 찬양을 줄줄이 이어갔다. 프리미어리그는 힘과 속도고 프리메라리가는 기술의 리그라고 불리는 반면, 세리에는 전술의 리그라고 불리는 걸 볼 때 축구사에 가장 큰 영향을 준 것은 세리에가 아니겠느냐는 이탈리아 찬가의 시작이었다.

그러는 사이, 점점 가늘어지던 비가 그쳤다.

민혁은 질퍽해진 그라운드를 보며 미간을 좁혔다. 하지만 그것은 아스날보다는 바르셀로나에 더 안 좋은 영향을 미칠 터였다. 바르셀로나가 아스날보다 숏패스를 많이 하고 공중볼을 꺼리는 경향이 있기 때문이었다.

"집중해라."

벵거는 라커룸에서 다시 필드로 나온 선수들을 향해 마지막 당부를 건넸다.

"단 한 번. 한 번만 기회를 살리면 된다."

"네."

"좋아, 그리고……."

선발 명단에게서 고개를 돌린 그는 조끼를 입고 있는 선수들을 바라보았다. 가레스 베일과 니클라스 벤트너, 그리고 테오 월콧 등의 교체 자원이었다.

"상황이 바뀌면 바로 교체가 있을지도 모른다. 지금부터 몸을 풀어두도록."

교체 명단에 든 선수들도 짧게 대답을 마치곤 지시에 따라 몸을 풀었다. 이제 곧 후반전이 시작하는 만큼 슬슬 몸을 풀어두어야 경기에 적응할 수 있을 터였다.

잠시 후. 후반전이 시작되었다.

─바르셀로나 선수들 표정 안 좋습니다. 패스가 잘 되지 않는 것 같아요.

─누 캄프도 꽤 오래된 경기장이죠. 배수시설이 완벽하진 않을 겁니다.

바르셀로나의 패스는 전반에 비해 부정확했다. 그렇다고는 해도 대부분의 선수들이 패스 성공률 90% 이상을 찍는 팀이니만큼 공을 흘리는 일은 드물었지만, 전반에 비해 아스날에게 기회가 찾아올 가능성이 높아 보인다는 건 부정할 수 없었다.

그러던 중, 알렉스 송이 메시에게 이어지는 패스를 끊었다.

─알렉스 송 패스 끊습니다! 바로 앞으로 나가야 합니다!

—이니에스타 송에게 달라붙습니다. 알렉스 송 백패스. 골키퍼가 공을 반대 방향으로 돌려줍니다.

—아스날 침착합니다. 공은 플라미니를 거쳐 아르샤빈. 아르샤빈 전진하려다 공을 램지에게 돌려주네요. 침투 힘들어 보입니다.

—바르셀로나 수비가 저평가되는 측면이 있는데, 바르셀로나는 티키타카만으로 6관왕을 이룬 게 아니에요. 물론 티키타카로 대변되는 점유율 축구 자체가 상대의 공격 시도 자체를 막아버리는 전술이라 공격을 받을 일이 별로 없긴 하지만 수비진이 허접은 아니거든요.

—그렇습니다. 특히 바르셀로나 주장인 푸욜은 펩 과르디올라 감독이 부임하기 전부터 바르셀로나 수비진의 핵심이었죠. 푸욜 선수는 루이스 반 할 감독이 바르셀로나를 맡고 있을 때부터 1군에서 뛰지 않았습니까?

—맞습니다. 반 할 감독의 바르셀로나나 레이카르트 감독의 바르셀로나는 티키타카가 아니었죠. 그때는 막 리그에서 6위도 하고 그랬던 팀이에요. 수비진에 있으면서 위험한 순간도 많이 경험하고 그래서 경험이 단단히 쌓였을 거란 이야깁니다.

중계진의 말대로, 바르셀로나의 주장인 푸욜은 월드 클래스 센터백의 위용을 확실히 보여주었다.

단적으로 말해, 피케가 가끔 정신 줄을 놓고 달려 나가는 상황에서도 아스날이 골을 넣지 못했던 것은 전부 푸욜의 적극적인 커버 때문이었다.

개인 기술에 자신이 있는 민혁과 아르샤빈조차도 쉽사리 공략을 하지 못할 정도였으니, 그 외의 선수들이 주춤하며 공을 돌리는 건 자연스러운 현상이었다.

그러는 동안, 바람의 방향이 바뀌며 비구름이 다시 몰려들었다.

―경기장에 다시 빗방울이 떨어지기 시작합니다. 후반전 남은 시간은 수중전이 될 가능성이 높아 보이는군요.

―아스날과 바르셀로나 선수들 모두 난감할 거예요. 이럴 땐 패스 한 방으로 전방에 공을 밀어 넣고 단번에 때려 넣는 전술이 좋은데, 아스날은 그런 선수가 없고 바르셀로나는 그런 식의 플레이를 좋아하지 않거든요.

―즐라탄 선수 껌을 씹으며 감독을 봅니다. 자신을 왜 내보내지 않느냐고 말하는 것 같네요. 옆에 있는 파브레가스 선수도 표정이 별로 좋지 않고요.

―하지만 이대로 끝나면 바르셀로나가 4강에 올라갑니다. 지금도 우세를 점하고 있는데 굳이 모험 수를 둘 이유가 없죠.

비는 점점 세차게 내렸다. 하프타임 동안 내리던 것보다 한층 더 거세게 느껴지는 폭우였다.

물을 잔뜩 머금은 잔디는 선수들의 발을 잡아끌었다. 그래도 5성 경기장답게 사람 몸통만 한 물웅덩이가 만들어지진 않았지만, 군데군데 발을 미끄러뜨리는 작은 웅덩이는 조금씩 생기고 있었다.

민혁은 공을 받아 무릎 높이로 띄워 올렸다. 그러자마자 달려드는 메시를 턴으로 제친 민혁은 다시 한번 무릎 높이로 공을 띄웠고, 떨어지는 공을 살짝 앞으로 띄워 보내며 앞으로 달렸다.

공은 바닥에 떨어지지 않았다. 민혁의 발등과 허공 사이를 맴돌고 있을 뿐이었다.

해설진은 외쳤다.

―윤민혁 선수 엄청납니다! 바닥에 공을 떨어뜨리지 않고 전진하고 있어요!

―뒤따라가던 리오넬 메시, 바닥에 고인 물을 밟고 미끄러집니다! 전진하는 윤민혁 선수!

―부스케츠를 떨궈내는 데 성공합니다! 앞엔 푸욜과 피케밖에 없습니다!

민혁은 피케의 옆을 스쳐 페널티박스로 들어갔다. 당황한 피케는 자기도 모르게 손을 뻗었고, 유니폼이 잡힌 민혁은 그대로 나동그라졌다. 누가 보아도 명백한 반칙이었다.

주심은 휘슬을 불고 다가와 페널티박스 중앙을 찍은 후, 피케를 바라보며 웃옷 주머니에 손을 넣었다.

─피케 반칙! 심판 카드 듭니다. 어떤 색일까요!

주심 볼프강 스타크는 붉은색 카드를 높이 들었다.

─레드카드! 퇴장입니다! 페널티박스 안에서 손으로 잡아끌었으니 당연히 퇴장이죠!

─아, 바르셀로나 선수들 심판 둘러싸고 위협합니다. 이거 안 좋은데요.

바르셀로나 선수들은 얼굴을 붉히며 목청을 높였다. 페널티킥을 주면서 레드카드까지 나오는 게 말이 되느냐는 이야기를 하는 것 같았다.

하지만 주심은 그들의 주장에 아랑곳하지 않고, 고개를 저으며 물러나라는 신호를 보냈다.

바르셀로나 선수들은 주심의 말을 무시하고 항의를 이어가다 후속타를 맞았다.

─다니 알베스도 옐로카드를 받습니다. 항의가 너무 지나쳤어요.

─오늘 언론사들 아주 신나겠네요. 기자들은 아마 축제 분위기일 겁니다.

볼프강 스타크는 옐로카드를 든 채로 바르셀로나 선수단을 바라보았다. 여기서 더 항의한다면 아낌없이 카드를 베풀어주겠다는 의지가 드러난 표정이었다.

바르셀로나 선수들은 이를 갈면서도 몸을 돌렸고, 아스날의 PK로 경기가 재개되었다.

키커는 다름 아닌 민혁이었다.

―윤민혁 선수, 공을 들고 페널티박스로 들어갑니다. 직접 찰 모양입니다.

민혁은 페널티스폿에 공을 놓은 후 호흡을 고르고 다섯 걸음 물러났다. 바르셀로나의 골키퍼 빅토르 발데스는 침을 꿀꺽 삼키며 민혁의 얼굴을 바라보았고, 민혁은 그와 눈이 마주치자마자 공을 향해 달렸다.

―윤민혁 선수 달립니다. 넣느냐, 넣느냐… 넣었습니다! 허를 찌르는 파넨카 킥! 윤민혁 선수의 커리어 첫 PK 득점입니다!

발데스는 허망한 표정으로 골대 안의 공을 바라보았다. 그토록 빠르게 달려와서 파넨카 킥을 찰 거라고는 생각도 못 했다는 표정이었다.

실점에 분노를 터뜨린 과르디올라는 페드로를 빼고 가브리엘 밀리토를 투입시켰다. 동시에 그는 앙리도 벤치로 불러들인 후 파브레가스를 넣고 윙을 배제하는 4-1-3-1 포메이션으로의 전환을 시도했는데, 양쪽 측면을 흔들기보다는 중앙에 공을 집중시킨 후 파브레가스와 사비의 스루패스로 골을 노리겠다는 의도로 보였다.

그에 맞춰, 아스날에서도 선수를 바꿨다.

뱅거는 점점 느려지는 나스리를 빼고 베일을 투입시켰다. 아스날에 온 후 출전을 제대로 못 했던 베일이지만, 부상에서 벗어난 지도 2개월이나 된 데다 최근 훈련에서 나쁘지 않은 모습을 보여주었다는 데 기대를 걸고 있었다.

동시에, 중앙에 머물고 있던 민혁이 앞으로 나왔다. 4—2—3—1 포메이션 가동이었다.

―아르센 뱅거 감독, 올 시즌 영입한 가레스 베일을 내보냅니다. 이거 상당한 모험 수 같은데요.

―그렇습니다. 베일이 아스날에 온 이후 제대로 출전을 한 적이 없죠. 지난 리그 경기에서 15분간 교체로 출전하긴 했지만, 단 한 번의 치달을 빼면 제대로 보여준 게 아무것도 없거든요.

―그게 과연 기회가 없어서였을지, 아니면 능력이 없어서였을지, 이 경기에서 드러나겠네요.

―아, 한 명 더 교체합니다. 아르샤빈을 빼고 월콧을 투입했네요. 이건 대놓고 측면을 파겠다는 이야기죠.

―그렇습니다. 페드로와 앙리가 나가면서 바르셀로나의 측면이 사실상 비었는데요, 아비달과 알베스 모두 공격적인 풀백이잖습니까? 수비적인 부분에선 비교적 약하다는 이야기예요.

―월콧과 베일 하면 프리미어리그에서도 가장 빠른 선수들로 꼽히죠. 과연 바르셀로나가 아스날의 스피드를 어떻게 제어할지 지켜봐야겠습니다.

피케 퇴장 후 이어진 전술 싸움에서는 벵거가 이겼다.

측면이 헐거워진 바르셀로나는 가레스 베일과 월콧의 스피드에 정신을 차리지 못하고 허물어졌다. 폭우에 젖은 그라운드가 발을 잡긴 했지만, 심심하면 비가 오는 잉글랜드의 날씨에 익숙한 그들에겐 그다지 큰 타격이 아니었던 까닭이었다.

―가레스 베일 왼쪽 측면돌파합니다! 엄청난 속도! 아비달 속수무책입니다!

―발데스 선방! 간신히 쳐냅니다. 사실상 골이나 다름없었죠.

―그렇습니다. 그라운드 상황만 좋았다면 마지막 순간에 미끄러지지 않았을 테니까요.

―공은 테오 월콧의 손으로 넘어갑니다. 아스날의 코너킥. 키커는 월콧입니다.

코너킥은 허무하게 날아가 버렸다. 그러나 베일의 돌파에 눌려 버린 바르셀로나는 좀처럼 공격을 진행하지 못했다. 피케의 퇴장으로 선수도 한 명 부족한 데다가, 물기를 잔뜩 머금은 그라운드가 바르셀로나의 플레이를 방해하고 있는 점도 작지 않은 악재였다.

─리오넬 메시 옆그물! 바르셀로나의 마지막 공격 허무하게 날아갑니다!

─볼프강 스타크 주심 시계를 보네요. 남은 시간 30초. 하지만 공격은 아스날입니다.

아스날은 공을 돌리며 시간을 끌다 바르셀로나의 골대를 향해 터무니없는 킥을 날렸다. 시간을 지연할 의도임이 뻔히 보이는 플레이였지만, 규정상 아무 문제도 없는 행동이었다.

시간을 확인한 주심은 휘슬을 불었다. 아스날의 승리였다.

─아스날, 윤민혁 선수의 PK 골로 4강에 진출합니다. 경기 전의 예상을 완전히 뒤집는 결과예요.

─오늘 아주 쓸쓸하신 분이 많을 것 같습니다. 반 페르시가 빠진 아스날이 바르셀로나를 이긴다, 이건 정말 말이 안 되는 결과였거든요. 해외 업체의 배당이 아스날 승에 6.02고 무승부에 2.84, 바르셀로나 승에 1.17이었단 말이에요.

─너무 정확하게 아시는데요. 혹시 조용찬 해설께서도…….

조용찬 해설은 말이 없었다. 하지만 표정이 하지 않은 말을 대신 해주고 있는 것 같았다.

민혁은 바르셀로나 벤치에 있던 앙리에게 다가가 유니폼을 내밀었다. 그러자 앙리는 어깨를 으쓱하곤 유니폼을 벗어 건네주고는, 장난기 섞인 표정으로 민혁에게 물었다.

"이겨서 좋냐?"

"우리도 우승 한번 해봐야죠."

앙리는 피식 웃었다. 지난 시즌 챔피언스리그 우승컵을 들어 소원을 풀었으니 이런 상황에서도 웃을 수 있는 것 같았다.

"그래, 아스날도 챔피언스리그 우승 한번 해야지."

"파티할 때 부를게요."

"파티?"

"챔피언스리그 우승 파티요."

앙리는 한 번 더 웃으며 말을 이었다.

"이왕이면 트레블도 하지 그래?"

"FA컵 탈락해서 트레블은 날아갔어요."

"……."

앙리는 당황했고, 민혁은 어깨를 으쓱하곤 말을 이었다.

"트레블 그거 다음 시즌에 한번 해볼게요."

2

2009-10 챔피언스리그
-
4강

　챔피언스리그 8강 진출엔 성공했지만, 반 페르시의 이탈을
제대로 채우지 못한 아스날은 리그에서 2패를 안아야 했다.

　그리고 그중의 하나가 하필 북런던 라이벌이었다.

　"아……."

　민혁은 머리를 감싸 쥐었다. 리그 34라운드 토트넘 원정에
서 당한 2 대 1 패배가 아직도 지워지지 않았다. 후보를 내보
낸 위건 원정에서 패배한 건 그렇다 쳐도, 자신이 출전하고도
패배를 기록한 토트넘 원정을 떠올리면 한숨만 나왔다.

　사실, 그렇게 된 데엔 민혁 자신의 책임이 컸다. 하도 오랜

만에 원톱으로 출전해서인지 전방에서 공을 몇 번이나 놓쳤기 때문이었다.

아스날이 그렇게 지지부진하는 동안, 리그 타이틀을 놓고 경쟁하는 첼시와 맨유는 착실히 승리를 챙겼다. 물론 남은 경기 중에서 한 번만 이기더라도 아스날이 우승하는 그림이지만, 챔피언스리그에 집중하기로 한 아스날로서는 불안해지는 게 당연한 상황이었다.

"왜 그러고 있어?"

"토트넘 원정 생각이 나서."

플라미니는 민혁의 어깨를 툭툭 치고 지나갔다. 어떻게 매번 잘할 수 있겠느냐는 격려의 토닥임이었다.

의미를 이해한 민혁은 쓰게 웃고는 훈련에 집중했다. 다음 챔스 경기가 주세페 메아차 원정임을 생각하면 이렇게 정신 줄을 놓고 있어서는 곤란했다.

그로부터 얼마 후.

훈련장에 나타난 벵거는 팻 라이스와 몇 가지 이야기를 나눈 후 선수들을 향해 입을 열었다.

"원정 명단이다. 먼저……."

그는 출전할 선수들의 명단을 불렀다. 평소에도 2~3일 전에 출전 명단을 부른 적이 많은 벵거라 특이할 것까진 없는 행동이었지만, 오늘은 거기서 한 걸음 더 나가 구체적인 선발 명단과 전술까지 입에 담았다. 아무래도 반 페르시의 이탈로 인해 생긴 공백을 확실히 메워야겠다고 판단한 모양이었다.

"윤."

"네."

"이번에도 톱이다."

"…네."

민혁은 한숨을 쉬었다. 토트넘전에서 한 삽질이 떠올랐기 때문이었다.

벵거는 웃으며 말을 이었다.

"톱은 너무 오랜만이라 그랬을 거다. 후반 막판엔 살아났잖나?"

그 말은 민혁을 안심시켰다. 사실 스스로도 시간이 조금만 더 있었다면 하는 아쉬움이 있었던 민혁이라, 벵거의 확인까지 받자 불안함이 가시는 느낌이었다.

벵거는 계속해서 선발 명단을 입에 담았다.

"그리고 윙은 베일과 월콧. 중앙은……."

선발 명단은 디에고 로페스를 끝으로 마무리됐다. 교체 멤버로는 아르샤빈과 벤트너, 그리고 갈라스와 에보우에, 거기에 알무니아가 언급됐다. 예상했던 그대로의 명단이었다.

"왜 또 후보야?"

나지막이 투덜거린 벤트너는 불만 가득한 표정을 지으며

두 손을 어깨 높이로 들어 올렸다. 중요한 경기에서 자신을 쓰지 않는 벵거에게 화가 난 것 같아 보이기도 했다.

더불어, 아르샤빈도 벤트너와 비슷한 표정을 짓고 있었다. 자신이 월콧에게 밀렸다는 걸 도저히 납득할 수 없는 모양이었다.

하기야, 이해가 되지 않는 불만은 아니었다. 벤트너가 민혁에게 밀리는 건 당연해도 아르샤빈이 월콧에게 밀리는 건 납득하기 힘든 일이었으니까.

벵거도 그걸 의식했는지, 명단에 언급된 선수들을 바라보며 입을 열었다.

"인터 밀란전은 속도전이다. 전반에 속도를 최대한 활용해서 상대방의 체력을 빼앗아 허물어뜨리고, 후반 조커의 활약으로 승리를 노릴 생각이니 어떤 플레이를 할지 최대한 열심히 생각하도록."

"무리뉴가 쉽게 속도전을 받아들일까요?"

벵거는 잘 모르겠다는 표정으로 어깨를 으쓱한 후 말을 이었다.

"안 되면 되게 해야지."

*　　　*　　　*

2010년 4월 20일.

밀라노 중심가에서 살짝 서쪽으로 치우쳐진 경기장엔 수많은 인파가 몰려 있었다. 대부분 인터 밀란을 응원하는 현지인들이었지만 간간이 붉은색 유니폼을 입은 아스날의 팬들도 보였다. 의외로 규모가 꽤 되는 숫자였다.

"원정 팬 많네."

"4강이니까."

버스에서 내린 민혁은 팬들의 모습을 슬쩍 보았다. 왠지 살기가 등등해 보이는 느낌이었다.

'오늘 진짜 열심히 뛰어야겠다.'

민혁은 긴장했다. 최근 리그에서 보인 패배들이 아스날 팬들을 흉포하게 만들고 있는 것 같은 느낌이라, 이번 경기에서도 무기력한 모습을 보였다가는 돌아가는 것조차 순탄치 않을 것 같았다.

"윤! 골 못 넣으면 죽을 줄 알아!"

"…노력해 보죠."

민혁은 소리를 지른 팬을 향해 어색하게 웃어 보이곤 도망치듯 경기장에 들어갔다. 그렇지 않아도 긴장이 되는 판에 협박까지 들으니 정신이 혼미해질 지경이었다.

그러던 민혁은 한 사람의 모습을 보곤 긴장이 싹 가시는 걸 느꼈다. 인터 밀란의 감독으로 있는 주제 무리뉴였다.

"응? 윤, 갑자기 왜 멈춘 거야?"

"무리뉴."

"응?"

"저기."

민혁은 손을 들었다. 그쪽을 본 아르샤빈은 무리뉴를 발견하곤 신기하다는 표정을 지었다. 그가 아스날에 왔을 땐 무리뉴가 첼시를 떠난 후였기 때문에, 그로서는 무리뉴를 보는 게 처음이었다.

소란스러움을 느낀 무리뉴는 고개를 돌렸다.

"……."

무리뉴는 인상을 팍 구겼다.

프리미어리그에 있을 때부터 민혁을 언짢게 생각했던 데다, 민혁 때문에 놓친 우승컵도 몇 개나 되는 사람이 무리뉴였다. 민혁을 보고 기분이 좋아진다면 오히려 그게 이상할 터였다.

그는 못마땅한 표정으로 민혁을 노려보다 사라졌다. 영문을 모르는 아르샤빈은 고개를 갸웃하며 무리뉴가 떠난 방향을 보다, 민혁에게 시선을 고정시키고 입을 열었다.

"무리뉴랑 안 좋은 일 있었어?"

"약간."

민혁이 아르샤빈과 그런 대화를 나누고 있을 때, 머리를 시원하게 밀어버린 인터 밀란의 선수 하나가 민혁을 발견하고 놀란 표정을 지어 보였다. 이번 경기 상대임은 분명했지만, 그래도 지난 시즌 발롱도르 2위에 올랐던 선수를 복도에서 만날 줄은 몰랐던 모양이었다.

민혁도 그를 발견하곤 놀란 표정을 지었다.

'스네이더?'

그는 로벤과 함께 네덜란드를 대표하는 선수이자 2010 발롱도르 투표에서 기자단 투표 1위를 차지한, 원래대로라면 2010 발롱도르의 주인이 되었어야 했지만 발롱도르가 FIFA 올해의 선수상과 합쳐지면서 생긴 변화로 인해 수상자 명단에 들지 못한 비운의 선수 베슬리 스네이더였다.

스네이더는 민혁에게 다가와 손을 내밀었다.

"윤이지?"

"어… 스네이더?"

스네이더는 웃으며 민혁이 마주 내민 손을 잡았다.

그는 민혁과 몇 마디 말을 나누곤 자리를 떴다. 아무래도 같은 84년생이라서인지 말은 잘 통하는 느낌이었지만, 민혁은 그가 사라지자마자 숨을 길게 내쉬곤 주변에 있는 동료들을 향해 입을 열었다.

"쟤 주의해야 돼."

"레알에서 방출당한 선수 아냐? 왜 그렇게 신경을 곤두세우고 그래?"

"그럴 만한 선수야."

민혁은 정말로 긴장하고 있었다.

자신이 회귀하기 전, 2009—10 시즌에 스네이더가 챔피언스 리그에서 보여준 활약은 회귀한 지 거의 20년 가까이 지난 지금도 머릿속에 남아 있을 정도였다.

민혁은 멀리서 웃고 있는 인터 밀란 선수들을 보며 중얼거렸다.

"표정 보니까 컨디션도 좋아 보이고… 오늘 정말 쉽지 않겠네."

*　　　　*　　　　*

민혁의 걱정은 현실이 되었다.

스네이더는 35분 만에 1개의 골과 1개의 어시스트를 기록했다. 아무리 아스날이 정상적인 스쿼드가 아니라지만, 그래도 현재 낼 수 있는 최고의 카드를 사용하고서도 이렇게 밀린다는 건 납득하기 힘든 이야기였다.

하지만 경기를 지켜보는 아스날 팬들은 주먹을 떨면서도 분노를 터뜨리지 못했다. 아스날이 못하는 게 아님을 알기 때문이었다.

그저, 스네이더가 약이라도 빤 것처럼 날아다니고 있을 뿐이다.

　—스네이더, 스네이더 전진패스, 디에고 밀리토 공을 받아 에투에게 돌립니다. 에투는 그대로 측면으로… 클리시 공을 가까스로 걷어냅니다. 인터 밀란의 스로인입니다.

　—오늘 인터 밀란 선수들이 컨디션이 좋아 보이네요. 다들 자신감에 가득 차 있어요.

　—최근 리그 호조가 좋은 영향을 끼친 게 아닐까요?

　—아마 그럴 겁니다. 인터 밀란은 4월 들어서 패배가 없어 요. 리그에서 2승 1무, 코파 이탈리아에서 1승을 거뒀으니까 요.

　—그러고 보니, 인터 밀란은 세 개 다 우승 가능성이 남아 있네요. 챔스와 리그, 그리고 코파 이탈리아 모두 우승이 유 력한 상태 아닙니까?

　—그렇죠. 챔스는 현재 2 대 0으로 이기고 있고, 리그에서 는 얼마 전에 유벤투스를 꺾어서 승점 차를 확실히 벌렸죠. 거기에 코파도 이제 한 경기만 이기면 우승이에요. 트레블 이 야기가 나오고 있는 것도 당연할 겁니다.

　—아, 스네이더 선수 또 공을 잡습니다. 막지 못하는 나스 리!

　스네이더는 나스리를 가볍게 제치고 패스를 넣었다. 정확히 밀리토에게로 이어지는 패스였다.

엄밀히 말해, 스네이더는 잘해야 파브레가스의 마이너 버전이었다. 하지만 그는 파브레가스가 받던 것을 월등히 상회하는 지원을 받아 단점이 없는 플레이어처럼 뛰고 있었고, 그 결과 단점이 지워지고 장점만 남은 스네이더는 유로 84의 플라티니를 떠올리게 하는 모습으로 아스날 진영을 마구 헤집었다. 적어도 이 경기에 한해서는 제2의 플라티니라 불러도 될 것 같은 모습이었다.

─아스날의 전술이 인터 밀란에게 완벽히 막히는 분위기네요. 베일 선수와 월콧 선수를 윙으로 놓은 걸 보면 속도전으로 틈을 노리겠다는 계산 같은데, 무리뉴 감독이 그런 싸움에 응해줄 사람이 아니죠.

─그렇습니다. 안티 풋볼이라고 불릴 정도로 단단한 수비를 추구하는 감독이 무리뉴 아닙니까?

─한국에서는 버스를 세운다고 하죠?

─지금 아스날 선수들은 경찰 버스 네 대쯤이 앞을 막고 있는 것 같은 기분일 겁니다. 정말 슛 한번 날려볼 기회를 안 주네요.

인터 밀란의 수비진은 단단했다. 첼시 시절의 무리뉴가 보였던 것에 비하면 중원의 단단함이 조금 떨어지는 느낌은 있었지만, 오른쪽 풀백인 마이콘의 사기적인 피지컬과 역습 능력이 그 부족한 단단함을 다른 방법으로 채우고 있었기 때문이었다.

―그래도 윤민혁 선수에게 공이 가면 위협적인 장면은 가끔 나오고 있긴 합니다. 마무리가 안 되는 게 흠이긴 합니다만……

　―그게 문제죠. 인터 밀란 선수들은 윤민혁 선수를 집중적으로 막고 있어요. 윤민혁 선수가 패스를 하는 건 허용하지만 슛을 하는 건 절대로 허용하지 않겠다는 의지가 보입니다.

　―전반 16분에 가레스 베일이 보인 돌파도 대단했었는데요. 그게 월콧에게 연결되지 못한 게 정말 아쉽습니다.

　해설진은 계속해서 탄식을 터뜨렸다. 한국 방송사에서 근무하는 그들로서는 아스날이 승기를 잡기를 바라고 있었다. 그래야 결승전 시청률이 오를 게 아니겠는가.

　―그런 기회는 자주 오는 게 아닌데 말입니다. 정말 시원한 역습 한번 봤으면 좋겠어요.

　그들의 바람은 8분 만에 이루어졌다.

　가레스 베일은 사무엘 에투의 드리블을 끊고 공을 탈취해 전방으로 달렸다. 그곳을 지키고 있던 마이콘과 루시우가 기겁해 베일을 향해 달라붙었고, 그것을 느낀 베일은 중앙에 있는 민혁을 향해 논스톱 크로스를 날렸다. 루시우가 막아서기 직전의 일이었다.

　공을 받은 민혁은 접근하는 상대를 느끼고 한 번 더 공을 공중에 띄웠다.

—에스테반 캄비아소 태클! 윤민혁 선수 공과 함께 점프합니다! 마치 예상이라도 했던 것 같은 깔끔한 동작! 인터 밀란 수비수들 당황합니다!

　민혁은 캄비아소의 태클을 피하자마자 월콧에게 공을 보냈다. 월콧은 놀랍게도 민혁의 생각을 읽고는 전진을 포기하고 공을 앞으로 밀어주었고, 민혁은 인터 밀란 선수들의 시선이 월콧을 향한 사이에 침투해 골문으로 공을 밀어 넣었다.

　인터 밀란의 골키퍼 줄리우 세자르는 몸을 날렸다. 그러나 타이밍이 미묘하게 맞지 않아, 공은 지면과 그의 겨드랑이 사이를 지나 골망을 흔들었다.

　—세자르 골키퍼 실책! 아스날 득점에 성공합니다!

　민혁은 주먹을 불끈 쥐고는 공을 들고 센터서클로 달렸다.

　무리뉴는 곧바로 선수를 교체했다.

＊　　　＊　　　＊

　주세페 메아차 원정은 2 대 1이란 스코어로 끝을 맺었다. 한 골을 먹자마자 우주 방어 모드로 들어가 버린 인테르를 뚫을 수 없었기 때문이었다.

　민혁은 TV에서 떠들어대고 있는 무리뉴를 보고는 혀를 내둘렀다. 안티 풋볼의 끝판왕 주제에 무슨 혓바닥이 저렇게 긴가 하는 생각만 머릿속에 가득한 민혁이었다.

"말은 아주 청산유수네."

"괜찮아. 다음 경기 우리 홈이잖아."

"홈이니까 더 문제지."

민혁은 입을 삐죽였다. 단단한 방어와 역습을 무기로 삼는 무리뉴라면 팬들에게 둘러싸인 아스날의 흥분을 노릴 터였고, 노련미가 떨어지는 아스날 선수들은 분위기에 쉽게 휩쓸리는 경향이 있었다. 무리뉴가 먹잇감으로 삼기에 딱 좋은 팀이라는 이야기였다.

"그래도 리그 경기가 24일이라 다행이네."

"뭐, 딱 좋지."

민혁은 플라미니의 말에 고개를 끄덕였다. 챔피언스리그 4강 2차전은 맨체스터 시티 원정을 치르고 4일 후에 열릴 예정이었고, 4일이라는 기간은 맨체스터 시티전에서 갈고닦은 감각과 체력의 보충이란 두 마리 토끼를 확실히 잡을 수 있게 하는 시간이었다.

'일단 맨시티전에 집중해야지.'

민혁은 주먹을 불끈 쥐었다. 그 경기에서 이기면 리그 우승이 확정되는 상황이었다.

그렇게 된다면 챔피언스리그도 좀 더 마음 편히 맞을 수 있을 것 같았다.

그로부터 4일 후.

아스날은 맨체스터 시티를 3 대 0으로 꺾고 리그 우승을 확정 지었다. 리그에선 무려 두 경기만의 승리였던 데다, 4일 후 열릴 챔피언스리그 4강 2차전에 대한 연습 무대이기도 했던 터라 아스날의 분위기는 급격히 좋아졌다.

무엇보다, 민혁이 원톱에 완벽히 적응했다는 데에 의미가 있었다.

민혁은 맨체스터 시티와의 경기에서 원톱으로 출전해 1개의 골을 집어넣었다. 거기에 4개의 키패스(Key pass)와 3번의 공중볼 경합 승리, 4번의 드리블 성공을 기록함으로써 맨 오브 더 매치에 오를 수 있었고, 잉글랜드의 모든 언론은 28일에 열릴 인터 밀란과의 경기에 대한 온갖 장밋빛 환상을 터뜨리며 아스날의 선전을 예상하고 있었다.

그러나 그들이 생각하지 못한 것도 하나 있었다.

바로, 무리뉴도 그 경기를 보았다는 사실이었다.

*　　　　*　　　　*

─시청자 여러분 안녕하십니까. KBC 스포츠 캐스터 송영준.

─해설 김동완입니다.

KBC의 해설자는 바뀌어 있었다. 조용찬 해설이 K리그 중계 중 한쪽 편을 들었던 게 문제가 되면서 뜬금없는 개편이 이루어진 탓이었다.

시청자들에게 그 점을 밝힐 수 없었던 송영준 캐스터는 옆에 앉은 김동완 해설을 보며 오래전의 이야기를 입에 담았다. 갑자기 해설이 바뀐 이유를 말하기보다는 그에게 시청자들의 주목을 집중시킴으로써 사라져 버린 조용찬 해설에 대한 관심을 끊어버릴 생각이었다.

—김동완 해설께선 오랜만에 복귀하셨는데요, 감회가 어떠신가요?

—일단 출연료가 많이 올라서 좋네요.

—아하하…….

—아까 드린 말씀은 농담이고요. 무엇보다 윤민혁 선수의 경기를 중계할 수 있다는 게 의미가 큽니다. 제가 예전에 이 자리에 있었을 땐 윤민혁 선수가 아스날 주전이 아니었거든요.

—막판엔 주전으로 올라가지 않았나요?

—정확히 말하면 로테이션이었습니다. 그땐 세스크 파브레가스 선수가 주전으로 발돋움했고, 윤민혁 선수는 부상 여파로 자리를 잡지 못하던 시점이었으니까요.

그러는 사이, 양 팀 선수들이 경기장으로 들어오는 모습이 보였다. 아직 현지 중계가 제대로 시작되진 않았으나, 옛 이야기는 슬슬 마무리를 해야 할 때라는 이야기였다.

그걸 느낀 김동완 해설은 천천히 멘트를 정리했다.

─아무튼 오늘 경기는 아스날과 윤민혁 선수에게 있어 아주 중요한 경기입니다. 이번에 승리를 거둬야만 챔피언스리그 결승전에 진출하게 되는 거니까요.

─그렇습니다. 그러고 보면 윤민혁 선수는 아직 챔피언스리그 결승전에서 뛴 경험이 없죠?

─맞습니다. 2005─06 시즌에 아스날이 결승전에 오르긴 했지만, 그 경기에서도 윤민혁 선수는 부상으로 스쿼드에 들지 못했죠. 물론 당시의 윤민혁 선수는 아스날 1군의 핵심은 아니었습니다만, 그때 부상을 입지 않았더라면 출전 정도는 충분히 했겠죠.

─정말 생각할수록 아까운 일이었죠. 아, 지금 양 팀 출전 명단 나오고 있습니다. 보시죠.

PD의 신호를 받은 송영준 캐스터가 멘트를 꺼낸 그 순간, 화면이 바뀌며 아스날의 명단이 흘러나왔다.

아스날은 민혁을 원톱으로, 그리고 양쪽 윙에 베일과 아르샤빈을 두는 형태의 전술로 나왔다. 지난 1차전에선 월콧이 아르샤빈의 자리를 차지하고 있었지만, 아무래도 월콧의 플레이가 벵거의 눈에 차지 않았던 모양이었다.

—아스날 스쿼드는 한 자리만 빼면 1차전과 완전히 동일하네요.

—그렇습니다. 월콧 선수가 아르샤빈 선수로 바뀐 것 외엔 달라진 게 없죠.

—그래도 월콧 선수가 윤민혁 선수의 골을 돕지 않았습니까?

—하지만 그것 외엔 눈에 띄는 활약을 하지 못했죠. 하비에르 사네티 선수에게 완전히 꽁꽁 묶였던 게 1차전의 월콧이었으니까요.

그런 대화가 이어지는 사이, 아스날의 명단이 사라지고 인터 밀란의 스쿼드가 화면에 나왔다. 마이콘과 사무엘, 루시우와 사네티로 이어지는 포백 위에 캄비아소와 스탄코비치, 모타가 자리를 잡고 있었고, 그 위에 스네이더를 놓고 최전방엔 밀리토와 에투가 자리 잡은 포메이션이었다.

—인터 밀란은 전술을 바꿨습니다. 1차전보다 많이 내려앉은 모양새죠?

—아무래도 원정경기라는 게 큰 영향을 미치지 않았나 싶습니다. 일단 스쿼드 변화도 눈에 띄네요.

4—2—3—1을 썼던 1차전과 달리, 무리뉴는 2차전에서 내려앉은 형태의 4—3—1—2 전술을 들고 나왔다. 아스날이 채택한 4—3—3 전술을 상대할 경우 양쪽 측면을 거의 내주다시피 하게 되는 대응이었지만, 양쪽 풀백인 마이콘과 사네티의

능력을 생각하면 충분히 고를 수 있는 선택지였다.

　—무리뉴 감독이 4—3—1—2 전술을 들고 나왔는데요, 아스날의 윙인 베일 선수의 주력을 생각하면 굉장히 위험하지 않을까 생각됩니다. 1차전에서도 베일 선수가 상대방인 마이콘 선수를 뚫고 위협적인 장면을 만든 경우가 한 번 있었거든요.

　—하지만 윙이 측면을 무너뜨려도 크로스가 연결되지 않으면 아무 소용이 없죠. 지금 무리뉴 감독은 3선을 많이 내리고 단단히 해서 중앙으로 공이 연결되는 걸 막겠다는 의도를 보이고 있는데요, 아스날이 공중볼에 약점이 있음을 생각하면 합리적인 대응이라 생각됩니다. 현재 아스날 스쿼드에서 가장 공중볼이 좋은 선수는 디에고 고딘과 베르마엘렌인데, 이 선수들이 공격에 참여하는 경우는 없지 않겠습니까?

　—그렇습니다. 결국 미드필더진과 공격진을 통틀어 가장 공중볼 경합 능력이 좋은 건 윤민혁 선수인데요, 왈테르 사무엘과 루시우에게는 많이 밀릴 겁니다. 일단 루시우 선수와는 신장에서부터 5㎝ 이상 차이가 나니까요.

　해설진은 무리뉴가 수비적인 구성을 들고 나왔다는 평가를 내렸다. 하기야 인터 밀란은 1차전에서 2 대 1로 승리를 거뒀으니 무승부만 기록해도 되는 입장이었고, 그렇다면 수비에 집중하는 것도 이상할 게 하나 없었다.

　—굉장히 수비적인 진형이지만, 상황에 따라선 더 수비적으

로 나갈 수도 있다고 봅니다. 벤치에 있는 크리스티안 키부 선수의 투입도 생각해 볼 수 있겠죠?

—무리뉴 감독의 전술을 생각하면 충분히 가능합니다. 사네티 선수를 3선으로 올리고 그 자리에 키부 선수를 쓰기도 했던 무리뉴 감독이죠. 사네티 대신 키부를 넣어서 철의 포백이라고 부르는 사람도 있고요.

—과연 아스날이 이 경기를 어떻게 이끌어갈지, 벵거 감독은 어떤 묘수로 상황을 반전시킬 수 있을지를 지켜보는 게 바로 이 경기의 묘미겠군요.

해설진은 멘트를 일단 정리한 후 화면을 돌렸다. 주심이 입에 휘슬을 무는 장면이 영상에 비춰졌기 때문이었다.

잠시 후, 송영준 해설이 경기의 시작을 알렸다.

—아스날 대 인터 밀란, 인터 밀란 대 아스날. 프랑크 더 블레이케러 주심의 휘슬 소리와 함께 시작됩니다!

*　　　*　　　*

중원을 단단히 채운 인터 밀란을 무너뜨리는 건 쉽지 않았다. 더욱이 마스체라노와 함께 세계 최고의 수비형미드필더로 꼽히고 있는 캄비아소의 활약은 아스날의 중원을 힘들게 했다.

수비력도 수비력이지만 공을 끊은 직후 슬금슬금 올라와 역습의 기점이 되는 패스를 날리는 모습 때문이었는데, 공격형미드필더로 나온 스네이더보다 캄비아소가 더 위협적인 게 아닌가 하는 생각마저 들게 할 정도였다.

─아스날 공 탈취! 램지 전방으로 패스합니다!

─아, 패스가 부정확했어요. 하비에르 사네티 흘러나온 공을 잡아 모타에게 패스. 인터 밀란 천천히 숨을 돌립니다.

─램지 선수가 오늘 많이 불안하네요. 역시 경험이 적어설까요?

─로시츠키 선수나 디아비 선수에 비해서 경험이 많이 적은 선수죠. 두 선수 중 한 명만 멀쩡했어도 선발로 나오지 못했을 겁니다.

─그러고 보니 그 두 선수가 보이지 않네요. 장기 부상이었나요?

─아마 두 선수 모두 재활 중에 있을 겁니다. 로시츠키 선수는 곧 복귀가 가능하다고는 하는데, 디아비 선수에 대한 소식은 듣지 못했습니다.

─아스날 선수들과 팬들은 그 두 선수가 정말 그립겠네요.

해설진의 말대로, 민혁은 램지의 플레이에 진저리를 내며 로시츠키를 떠올렸다. 로시츠키였다면 저기서 직접 전진을 해서 숏패스를 보냈을 터였고, 그랬다면 저렇게 허무하게 공격권을 날리진 않았을 테니까.

"후……."

한숨을 내쉰 민혁은 아래로 내려가 스네이더를 압박했다. 원톱임에도 2선과 3선 사이까지 내려와야 하는 상황이 마음에 들지 않았다.

하지만 지금은 어쩔 수 없었다. 이러지 않았다간 램지가 대형 사고를 칠 것 같았기 때문이었다.

압박에 나선 민혁은 스네이더를 뒤로 밀어붙였다. 수비력이 좋지는 않은 민혁이지만 스네이더의 전진을 막는 것쯤은 할 수 있었다.

─스네이더 공을 뒤로 돌립니다. 윤민혁 선수의 커버! 공은 스탄코비치를 거쳐 마이콘에게 이어집니다.

─마이콘 전진하려다 포기합니다. 평소답지 않은 모습입니다.

─전진했다가 공을 뺏기면 베일 선수의 스피드를 감당하기 어렵겠죠. 1차전에서도 한 번 겪지 않았습니까?

김동완 해설은 마이콘의 생각을 정확히 읽었다. 단 한 번이긴 해도 1차전에서 돌파를 허용했던 마이콘은 베일의 스피드를 견제하지 않을 수 없었고, 결과적으로 아스날은 마이콘의 오버래핑을 통한 측면돌파에 대한 걱정을 덜 수 있었다.

하지만 중앙에서는 걱정이 배가되었다. 램지가 아직도 정신을 차리지 못하는 탓이었다.

민혁은 입술을 질끈 깨물고 질주해 상대의 패스를 끊어내곤 램지를 바라보았다. 제 발이 저린 램지는 민혁의 시선을 피했고, 민혁은 숨을 길게 내쉬곤 램지에게 다가가 어깨를 짚으며 입을 열었다.

"집중해. 또 오게 하지 말고."

"네……."

램지는 목을 움츠리며 답했다. 이제 막 1군으로 올라온 그로서는 민혁을 대하기가 쉽지 않은 것 같았다.

다행히 램지의 플레이는 한결 나아졌다. 민혁에게 욕을 먹기보다는 상대 팀에게 욕을 먹는 걸 선택했는지, 스네이더와 모타 사이를 돌며 압박을 강하게 넣기 시작한 것이다.

─램지 선수, 플레이에서 망설임이 사라졌습니다. 윤민혁 선수가 무슨 말을 한 걸까요?

─격려일지 협박일지는 모르죠. 하지만 어쨌거나 팀이 좋아졌으니 주장으로서 할 일을 했다고 봅니다.

정신을 차린 램지는 플라미니에 버금가는 활동량을 선보여 인터 밀란의 전진을 막았다. 활동량에서 뒤처진 인터 밀란은 좀 더 수비적인 자세를 취하며 공을 돌렸고, 답답해진 아스날은 포백이 전진하다 역습을 얻어맞고 실점 위기를 겪는 사고가 있었다. 로페스의 선방이 아니었다면 틀림없이 골을 먹었을 상황이었다.

압박을 느낀 아스날의 플레이도 소극적으로 변한 결과, 양 팀 모두 골 없이 전반전이 끝났다.

한참을 고민한 벵거는 특단의 조치를 내리고야 말았다.

*   *   *

에미레이츠 스타디움을 채운 팬들의 얼굴엔 불만이 가득했다. 이런 경기를 보려고 비싼 입장료를 내가며 들어온 게 아니라는 표정이었다.

팬들의 웅성거림을 들은 민혁은 한숨을 쉬었고, 선수들을 보며 생각에 잠겨 있던 벵거는 곧바로 선수교체를 알리며 전술을 바꿨다.

하프타임이 끝나고 후반전이 막 시작되려 할 때, KBC 중계진도 현장의 분위기를 감지하고 입을 열었다.

―화면으로 보이는 아스날 팬들의 표정이 찌푸려져 있습니다. 많이 답답한 것 같군요.

―후반전엔 좀 더 나은 경기가 진행되어야 할 텐데요. 양 팀 모두 실속이 없던 전반전 아니었습니까?

―엄밀히 말하면 아스날만 실속이 없던 전반이었죠. 인터 밀란은 비기기만 해도 결승전에 오르니까요.

─그렇습니다. 아스날은 딱 한 골만 넣어도 되는데…….

─그게 쉽지 않죠. 마음먹은 대로 다 되면 그게 어디 축구 겠습니까.

─아무튼 아스날, 그리고 윤민혁 선수의 선전을 기대하시는 팬 분들이 많을 텐데요. 부디 후반전엔 그 기대가 이루어지기를 바라는 마음입니다.

그런 이야기가 나오는 동안, 이번 경기의 주심이 입에 휘슬을 물었다. 곧 경기가 시작될 모양이었다.

양 팀의 선수들을 확인한 중계진은 변화를 설명했다.

─아스날 포메이션이 바뀌었습니다. 아르샤빈이 나가고 벤트너가 들어왔어요.

─벤트너가 원톱으로, 그리고 윤민혁 선수가 오른쪽 윙으로 바뀌었네요.

─벤치로 들어간 아르샤빈 선수 불만이 굉장히 많아 보이는 표정입니다. 만약 결승전에 올라가지 못하면 팀을 떠나겠다고 할 것 같은 모습이에요.

─1차전에선 월콧에게 밀리고 2차전에선 전반만 뛰고 교체되었으니 불만이 없을 수 없겠죠. 그래도 아르샤빈 선수 하면 유로 2008의 스타 아닙니까? 이런 대접을 받을 사람이 아니라고 생각하는 것도 이상하진 않다고 봅니다.

아스날의 변화를 발견한 무리뉴는 표정을 굳혔다. 민혁을 윙으로 놓고 벤트너를 넣었다는 건 지금까지와는 전혀 다른 전술을 쓰겠다는 뜻이었다.

톱에게 요구하던 다재다능함을 버리고 전형적인 타깃형으로의 전환을 이루는 한편, 개인 기술과 패스가 아르샤빈보다 월등히 좋은 민혁을 통해 측면을 파겠다는 뜻이 분명했다.

'벵거답지 않은 전술인데……'

무리뉴는 입술을 질끈 물었다. 어지간히도 이기고 싶었구나 하는 표정이었다.

그는 벤치에 있던 키부를 불러 뭔가를 속삭였다. 상황에 따라 그를 투입할 생각인 것 같았다.

인터 밀란의 벤치에서 그런 움직임이 일어나는 동안, 경기 시작을 알리는 심판의 휘슬이 울렸다.

"마티유! 좀 더 멀리!"

민혁은 중앙에 위치한 플라미니의 위치를 짚은 후 공을 받았다. 측면이 비어 있는 인터 밀란은 민혁의 전진을 어느 정도 선까지는 허용했지만 크로스를 올리는 건 최대한 막으려 했다. 아스날의 톱이 벤트너라도 공중볼만큼은 나름 위협적인 까닭이었다.

민혁은 캄비아소를 앞에 둔 채로 헛다리를 짚는 척하다 공을 옆으로 밀었다.

공은 1선까지 침투한 플라미니의 발에 닿았다. 순간 시선을 돌린 캄비아소는 그대로 침투하는 민혁을 놓쳤고, 마침 플라미니에게서 공을 이어받았던 나스리는 민혁의 침투를 보곤 페널티박스 안으로 숏패스를 시도했다. 투박하긴 해도 타이밍이 잘 맞은 훌륭한 패스였다.

민혁은 공을 받자마자 슛을 날렸다.

―윤민혁 슛! 골대 맞고 나갑니다! 정~말 아쉽네요.

―줄리우 세자르 골키퍼 정말 놀란 것 같죠?

―그렇습니다. 공이 조금만 더 감겼으면 후반전이 시작한 지 1분 만에 골을 먹혔을 상황이었죠. 그랬으면 급해지는 건 인터 밀란이었을 텐데요.

―아무튼 아스날, 후반전을 기분 좋게 시작합니다. 이 기세가 끝까지 이어지면 좋겠어요.

흥분한 것은 중계진만이 아니었다.

"예에! 한 번 더 제대로 먹여! 구두장이 놈들 기겁하게 하라고!"

아스날 팬들은 전반전에 품었던 불만도 잊어버린 채 열심히 응원을 퍼부었다. 후반 첫 번째 슈팅 이후 아스날의 기세가 조금씩 오르고 있음을 느꼈기 때문이었다.

아스날의 전진을 막아가며 역습을 노리던 인터 밀란은 베일과 민혁에게 측면을 탈탈 털렸다. 마이콘과 사네티가 세리에 최고의 풀백임은 분명했지만, 기술을 갖춘 민혁과 스피드를 갖춘 베일은 각각 마이콘과 사네티의 카운터였다.

결국, 무리뉴는 칼을 뽑았다.

―인터 밀란 선수교체 합니다. 스탄코비치 빠지고 키부 투입. 사네티 선수가 3선으로 올라갑니다.

―한 명 더 교체할 모양입니다. 티아고 모타가 빠지고 고란 판데프가 들어가네요. 이건 포메이션을 4―2―3―1로 바꾸겠단 이야기겠죠?

―보통 저런 스쿼드를 갖출 땐 에투와 판데프가 양쪽 윙을 책임지는 형태로 가는데요. 역시 측면을 내주는 건 위험하다고 판단한 모양입니다. 에투와 판데프가 수비력이 좋은 선수들은 아니지만, 그래도 측면에 한 명씩이 추가되면 공간 방어는 확실히 이뤄지거든요. 최소한 지연 정도는 할 수 있을 겁니다.

―이렇게 되면 윤민혁 선수는 사무엘 에투 선수와 크리스티안 키부 선수를 뚫어야 하는데, 이제 돌파가 쉽지 않을 느낌이네요.

―거기에 캄비아소 선수의 커버까지 있을 겁니다. 나스리와 램지, 그리고 플라미니 선수로 이루어진 아스날의 중원이 윤민혁 선수와 베일 선수를 얼마나 서포트해 주느냐가 이 경기의 흐름을 결정할 것 같네요.

하지만 그 누구도 그것이 제대로 이루어지리라 기대하진

않았다. 스네이더와 캄비아소, 그리고 3선으로 올라온 사네티를 상대로 나스리와 램지, 그리고 플라미니가 좋은 활약을 보이길 기대하는 건 아무래도 무리수였다.

—디에고 밀리토 패스 이어받습니다. 베르마엘렌이 막아서고 플라미니 커버, 밀리토 측면으로 패스합니다.

—에투 선수가 전진을 못 하네요. 사네티 선수에게 백패스를 합니다. 윤민혁 선수의 커버가 좋았어요.

—하지만 아스날로서는 좋아할 일이 아니죠. 윤민혁 선수는 공을 가지고 전진을 해야 하는 선수입니다. 상대 선수를 붙잡고 있는 건 손해예요. 아스날은 빨리 공을 탈취해서 베일이나 윤민혁 선수에게 연결해 빠른 공격을 노려야 합니다.

김동완 해설의 지적은 정확했다. 공격에 나서야 할 민혁이 사무엘 에투의 전진을 막는 데 치중하고 있다는 사실은 아스날이 수세에 몰리기 시작했단 이야기였고, 그것은 반드시 골을 넣어 승리를 거둬야 하는 아스날로서는 달갑지 않은 진행임을 의미하고 있었다.

"아론! 좀 더 앞으로 가!"

"네, 네!"

재촉을 받은 램지는 빠르게 대답한 후 스네이더에게 붙었다. 그러자 스네이더의 움직임이 한층 둔화되는 상황이 일어났는데, 1차전과 달리 캄비아소를 비롯한 후방의 지원을 제대로 받지 못하고 있었기 때문이었다.

그 결과, 아스날은 스네이더에서 시작되는 패스를 상당 부분 끊어냈다. 대부분이 램지와 플라미니, 혹은 플라미니와 고딘의 연계에 힘입은 인터셉트였다.

"주장!"

고딘은 우측면의 민혁에게 공을 보냈다. 조금 높은 볼이라 아슬아슬한 느낌이었다.

민혁은 무리하지 않고 헤딩으로 공을 띄워 중앙으로 보냈다. 나스리는 공중볼 경합에서 밀려 공을 놓쳤지만 램지가 떨어진 공을 받아 신나게 전진했고, 하비에르 사네티가 그런 램지를 막기 위해 중앙으로 달렸다.

램지는 같은 웨일즈 출신인 베일에게 공을 넘겼다. 사네티가 전진하며 생긴 공간을 공략하라는 의도가 담겨 있는 패스였다.

베일은 그 의도를 읽었다.

―가레스 베일 질주합니다! 전방의 벤트너도 루시우를 밀어내며 손짓합니다. 공을 달라는 거죠!

―마이콘 돌파당합니다. 베일, 베일… 공은 다시 램지에게, 그대로 슛! 막힙니다!

―키부 선수가 중앙으로 들어오면서 공을 잘 끊어냈어요. 굉장히 위협적인 장면이 나올 뻔했습니다.

—아스날 코너킥. 윤민혁 선수가 차네요.

민혁은 공을 가지고 코너로 향했다. 그는 잠깐 풀백으로 나온 사냐와 시선을 교환하다 짧게 공을 밀었고, 공을 받은 사냐는 중앙으로 이동하는 척 움직이다 민혁에게 패스를 보냈다.

플레이는 반대편을 바라본 크로스로 이어졌다. 헤딩을 노리고 점프한 벤트너의 머리 위를 지나는 롱 크로스였다.

베일은 공을 받아 그대로 때렸다.

—골! 가레스 베일 득점포! 베일의 아스날 첫 득점이자 챔피언스리그 첫 골입니다!

인터 밀란 선수들의 얼굴에 낭패감이 섞였다. 1차전에서 2 대 1이란 스코어를 허용했던 그들은 원정골 다득점 원칙에서 밀리고 있었다. 이대로 경기가 끝난다면 아스날이 결승에 진출한다는 이야기였다.

아스날 선수들은 베일을 붙잡고 기뻐하고 있었다. 벤트너조차도 정신이 나간 것 같은 얼굴로 헤실헤실 웃었다. 챔피언스리그 결승전 진출이 코앞까지 다가온 느낌이었다.

무리뉴는 입술을 질끈 깨물고 민혁과 베일을 노려보았다. 이렇게 되면 인터 밀란으로서는 반드시 골을 넣어야 했고, 그것은 아스날의 양쪽 윙으로 나온 민혁과 베일의 위협에 한층 더 쉽게 노출되고 만다는 이야기였다.

'망할.'

그는 입술을 질끈 깨물고 수신호를 보냈다. 달갑진 않지만 위험을 감수하겠다는 의미가 담긴 전술 변경 지시였다.

결과는 뻔했다.

공격에 나선 인터 밀란은 아스날의 스피드에 탈탈 털렸다.

스네이더로부터 시작되는 인터 밀란의 공격진도 대단했지만, 그들이 가진 장점은 아스날의 스피드에 미치지 못했다. 스네이더가 세리에 최고의 미드필더라지만 민혁에 비할 수준은 아니었고, 사네티와 캄비아소의 분전도 플라미니와 램지의 활동량 앞에선 의미를 잃었기 때문이었다.

─플라미니 또 공을 끊습니다! 지치지도 않는 것 같습니다!

─램지 선수도 엄청나죠. 지금 막 들어온 통계를 보면요, 램지 선수는 후반 20분 동안 무려 2.8㎞를 뛰었어요. 전반전에 최고 활동량을 보인 선수가 이만큼 뛰는 건 쉽지 않거든요.

─그만큼 인터 밀란 미들진의 활동 폭이 줄어든다는 의미죠. 두 명의 마당쇠가 필드에 눈이 쌓이자마자 싹싹 쓸어내 버리는 모양새입니다.

─마당쇠라기엔 좀 잘생기지 않았나요?

─스타일이 그렇다는 거죠. 아, 말씀드리는 순간 아스날, 공을 탈취해 역습합니다! 플라미니 앞으로 패스! 나스리가 베일에게! 나스리 전진하다 백패스 합니다!

―윤민혁 선수 공 받아 전진합니다. 크리스티안 키부 윤민혁 선수를 막아서려 접근… 돌파했습니다! 아스날 속도전! 빠릅니다!

키부를 제친 민혁은 전방으로 패스를 보냈다. 루시우와 사무엘 사이를 지나는 짧은 패스였다.

민혁의 발끝에서 출발한 패스는 벤트너의 터치를 거쳐 램지에게 이어졌다. 의도한 패스라기보다는 잘못 맞은 공이 흐른 느낌이었지만, 램지는 그 공을 그대로 때려 골망을 흔들었다. 2 대 0이 되는 순간이었다.

세자르는 망연자실한 표정으로 무릎을 꿇었다. 워낙 벼락같은 슛이라 막지 못하는 게 당연했을 골이었지만, 결승전 진출의 가능성이 완전히 사라졌다는 상실감을 이겨낼 수는 없었던 것 같았다.

KBC 중계진은 기쁜 마음을 누르지 못하고 소리 질렀다.

―사실상 아스날의 결승 진출을 확정 짓는 골! 아스날 선수들 환호합니다!

아스날은 여유를 가지고 수비에 집중했다. 다급해진 인터밀란은 마이콘과 키부는 물론 사무엘과 루시우까지 전진해 골을 노렸으나, 수비 라인을 높이는 바람에 역습을 허용해 추가로 한 골을 더 상납하는 결과를 맞았다. 놀랍게도 벤트너가 기록한 골이었다.

결국 경기는 3 대 0으로 끝을 맺었다. 아스날의 완승이었다.

민혁은 꽉 쥔 주먹을 추켜올려 기쁨을 표현했다. 전반 종료 시점까지만 해도 최충헌을 눈앞에 둔 만적 같았던 아스날 팬들은 두 손을 높이 들고 펄쩍 뛰며 환호했다. 4년 만의 챔피언스리그 결승 진출에 기대감이 잔뜩 차오른 표정이었다.

아르센 벵거는 환하게 웃으며 심판들과 악수를 나눴고, 무리뉴는 물병을 걷어차며 씩씩거렸다.

그쪽을 바라본 팻 라이스는 벵거를 대신해 무리뉴에게 손을 내밀었다.

그 순간, 송영준 캐스터는 믿을 수 없다는 표정으로 입을 열었다.

─주, 주제 무리뉴! 인사를 하러 간 팻 라이스 수석 코치의 눈을 찔렀습니다!

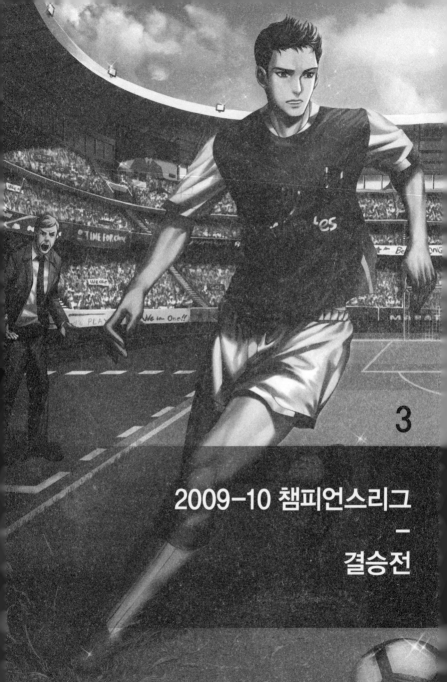

3

2009-10 챔피언스리그
–
결승전

　민혁은 BBC 뉴스를 보며 쓴웃음을 물었다. 무리뉴가 인터 밀란 감독에서 해임을 당했다는 기사가 떴기 때문이었다.

　UEFA는 지난 4강 2차전에서 일어난 돌발 상황에 대해 강경책을 내놓았다. 무려 6개월 동안이나 무리뉴의 감독 자격을 정지하는 징계였고, 인터 밀란은 그 징계를 이유로 무리뉴를 해임했다.

　사실 계약 종료가 얼마 남지 않은 시점이라 큰 타격까지는 아니었지만, 손에 다 쥔 스쿠데토(세리에 우승컵)와 이탈리안 컵을 내려놓아야 한다는 점을 생각하면 무리뉴로서는 이를 갈 수밖에 없을 이야기였다.

"죽 쒀서 개 줬네."

"감독 대행만 신났지."

"왜요? 부러워요?"

민혁은 모아시르를 보며 물었다. 그래도 한때 나고야 그램 퍼스 주니어 감독도 했던 그였으니 우승컵에 대한 열망은 있을 거란 생각이 들어서였다.

하지만 에이전트에 완벽히 적응한 그에겐 그런 열망은 남아 있지 않았다.

"감독직 그거 귀찮아서 못 하지. 예전엔 왜 그렇게 하려고 했는지 모른다니까."

"그거 자랑 아니거든요."

피식 웃은 민혁은 리모컨을 들어 TV를 끄곤 자리에서 일어 났다. 슬슬 트레이닝 팀을 만나 밸런스를 체크해 볼 시간이었 다.

다행히 체크 결과는 아주 좋았다. 남은 리그 경기와 챔피언 스리그 결승전 모두 최적의 컨디션으로 뛸 수 있을 거라는 이 야기는 민혁을 기쁘게 했고, 덕분에 마음속에 있었던 부담감 도 모두 지울 수 있었다.

부담감이 사라진 민혁은 남은 리그 경기를 모두 승리로 이 끌었다. 아쉽게도 지난 시즌 기록했던 21어시스트를 깨지는 못했지만, 그래도 22골 20어시스트를 달성해 프리미어리그에서 두 번째로 20-20 클럽에 가입하는 쾌거를 이뤄 아쉬움을 달랬다.

"저는 지금 아스날의 우승 퍼레이드에 나와 있습니다. 아스날 팬들이 열광하는 모습 보이시나요?"

BBC에서 나온 기자는 퍼레이드 카 위에서 우승컵을 들어 올린 민혁을 가리켰다.

"지금 아스날의 주장인 윤이 트로피를 들고 환호하고 있습니다. 윤은 이번 시즌 앙리가 기록했던 20골 20어시스트라는 대기록을……."

"우어어어어!"

BBC에서 나온 기자는 옆에서 터져 나온 소리에 놀라 입을 닫았고, 그 자리를 차지한 것은 환호하는 아스날 팬들의 함성이었다. 이번 리그 우승에 대한 환호도 있었지만, 이 기세를 몰아 챔피언스리그에서도 반드시 우승하라는 격려가 담겨 있는 함성이었다.

그로부터 일주일 후.

민혁을 비롯한 아스날 선수들은 비행기에서 내려 버스로 옮겨 탔다. 챔피언스리그 결승전이 열리는 구장으로 가는 행렬이었다.

그 후 두 시간 만에 나타난 경기장은 웅장한 모습을 뽐내고 있었다.

레알 마드리드의 홈구장, 산티아고 베르나베우였다.

*　　　*　　　*

주심인 하워드 웹은 비통한 표정을 짓고 있었다. 맨체스터 유나이티드의 가장 큰 라이벌인 아스날이 결승전에 올랐다는 게 마음에 들지 않는 것 같았다.

하지만 편파 판정 같은 건 없을 터였다. 아무리 맨체스터 유나이티드와 퍼거슨의 팬이라도 프리미어 팀이 우승컵을 따내는 걸 싫어하진 않을 테니 말이다.

'리그 포인트가 걸렸으니 헛짓거린 안 하겠지.'

민혁은 하워드 웹의 양심 대신 프리미어리그의 이득을 믿고 걱정을 지웠다. 아스날이 이번 경기에서 이겨야 맨유에게도 이득이 돌아가는 만큼, 아무리 하워드 웹이라도 아스날에게 해가 되는 판정을 하지는 않을 터였다.

그런 생각을 이어가던 민혁은 경기장 반대편에서 몸을 푸는 상대 팀을 보았다.

바이에른 뮌헨의 핵심은 로베리라 불리는 양쪽 날개였다. 프랭크 리베리와 아르연 로벤이라는 정상급 윙어의 조합을 뜻하는 이름이었다.

하지만 오늘은 리베리가 없었다. 리그에서 당한 부상으로 인해 이번 경기엔 출장할 수 없게 되었던 것이다.

때문에, 경기장엔 로벤만이 보이고 있었다.

"로벤 진짜 잘했지……."

민혁은 몇 년 전에 보았던 로벤을 떠올렸다. 자신이 아직 아스날에서 완전히 자리를 잡지 못하고 있을 때, 로벤은 첼시의 주축으로 등장해 첼시에 우승컵을 안긴 적이 있었다.

비록 잔부상이 심해 그 후로 성장이 멈췄다곤 하지만, 그래도 부상만 없다면 발롱도르를 탈 수 있다는 평가를 받을 만큼 뛰어난 선수임은 틀림없었다.

"뭘 그렇게 봐?"

"로벤."

"아, 걔 뮌헨에 있었지?"

플라미니는 고개를 끄덕였다. 그 역시도 첼시에 있었던 로벤을 떠올리는 듯했는데, 그때 보았던 로벤의 모습이 어지간히도 기억에 남았던 모양이었다.

선수들이 제각기 몸을 풀고 있을 때, 경기장의 모습이 방송사를 통해 TV로 방영되기 시작했다.

―전국에 있는 시청자 여러분 안녕하십니까. KBC 스포츠입니다.

―오늘 경기는 챔피언스리그 결승전입니다. 한국 선수가 챔

피언스리그 결승전에 출전한 건 이번이 두 번째죠?

—그렇습니다. 2008—09 시즌 맨체스터 유나이티드와 바르셀로나의 경기였죠.

—그때 박지석 선수가 있는 맨유는 아쉽게도 준우승을 차지했는데요, 이번엔 어떨까요?

—그건 경기가 끝나봐야 알겠죠. 하지만 최근 아스날의 분위기도 좋으니 충분히 기대는 해볼 수 있을 겁니다. 어쩌면 120분 뒤엔 윤민혁 선수가 빅 이어를 들고 환호하고 있을지도 모르죠.

—아, 지금 명단 나오고 있습니다. 먼저 아스날 출전 명단 보시겠습니다.

그 말이 끝남과 거의 동시에, 경기에 출전하는 아스날 선수들의 명단이 나왔다.

아스날은 반 페르시를 톱에 놓고 아르샤빈과 월콧을 윙으로, 그리고 민혁과 로시츠키, 플라미니가 미들을 채우는 형태의 스쿼드를 내놓았다. 거기에 클리시와 고딘, 베르마엘렌과 사냐가 포백을 구성하고 있었고, 골문은 디에고 로페스가 막고 있었다. 사실상 아스날이 내어놓을 수 있는 최고의 전력이었다.

화면에 뜬 명단을 읽은 송영준 캐스터가 입을 열었다.

—아스날 스쿼드입니다. 반 페르시 선수가 명단에 있네요.

─지난 4월 초에 다쳤으니 뼈는 다 붙었을 겁니다. 원래대로라면 지난 리그 마지막 경기에 나와도 됐을 거예요.

─그런데 안 나왔죠.

─아마도 오늘 경기를 위해서 숨겨두었던 모양입니다. 바이에른 뮌헨은 만만치 않은 상대니까요.

그들의 말대로, 벵거는 반 페르시가 경기에 뛸 수 있는 상태라는 걸 최대한 감추려 했다. 카드는 최대한 숨겨두는 게 유리하기 때문이었다.

하지만 뮌헨의 감독 루이스 반 할도 바보는 아닌 만큼 반 페르시의 출격을 예상하고 있었고, 그것을 대비해 수비 라인을 단단히 조련한 후였다.

민혁과 반 페르시의 시너지가 일어날 경우 어떤 결과가 나올지 뻔히 보였기 때문에, 반 할 감독은 슈반스타이거를 포함한 미들진에게 민혁과 반 페르시 사이를 확실히 지키라는 이야기를 몇 번이나 꺼내 자신과 선수들을 집중시킨 것이다.

─다음으로 바이에른 뮌헨의 스쿼드 보시겠습니다.

뮌헨은 올리치를 톱으로, 그리고 그 아래에 토마스 뮐러를 두는 4─4─1─1 포메이션을 들고 나왔다. 뮐러의 아래엔 알틴톱과 로벤, 슈반스타이거와 반 봄멜이 자리를 잡고 있는 형태였다.

웬만하면 로벤을 윙으로 두는 형태를 취했겠지만, 페어를 이뤄야 할 리베리의 부재로 인해 저런 형태의 전술을 들고 나온 모양이었다.

그리고 그 아래엔 바트슈투버와 데미첼리스, 반 뷔텐과 필립 람이 자리를 잡고 있었고, 골문은 한스 요르그 부트가 지키고 있었다. 레버쿠젠에서 발락과 함께 콩트레블을 기록했던 바로 그 선수였다.

뮌헨은 이번 시즌 리그 2위와 포칼 컵 준우승을 기록한 상태였다. 만약 이 경기에서 이기지 못하면 또 한 번의 콩트레블을 기록하게 되는 요르그 부트였고, 그것은 그에게 우승에 대한 열망을 한가득 밀어 넣었다. 무슨 일이 있어도 콩트레블만은 피하고 싶다는 눈빛이었다.

그걸 읽은 민혁은 쓴웃음을 지었다. 자신은 그에게 콩트레블의 저주를 안겨주어야 할 사람이기 때문이었다.

"뭐 좋은 일 있어?"

"아직은 없지."

"아직은?"

"우리 우승할 거잖아. 근데 아직 못 했으니 아직은 없는 거지."

민혁은 반 페르시의 질문에 답하곤 자리로 향했다.

"긴장도 안 하네."

반 페르시는 고개를 저었다. 그나 민혁이나 챔피언스리그 결승전에 출전하는 건 처음일 텐데, 민혁은 조금의 긴장도 하지 않고 있음에 당황마저 느껴졌다.

그러던 그는 숨을 두어 번 몰아쉬어 긴장을 지웠다. 민혁이 긴장하지 않는데 자신이 긴장해서야 되겠느냐는 생각이 힘을 준 것 같았다.

그로부터 몇 분 후.

하워드 웹이 힘차게 휘슬을 불었다. 2009-10 챔피언스리그 결승전의 시작이었다.

선공을 잡은 아스날은 처음부터 뮌헨을 밀어붙였다. 리그에서 우승을 놓쳐 버린 뮌헨은 기세가 꺾여 있었고, 그에 반해 리그 우승을 차지한 아스날은 기세가 잔뜩 올라 있었기에 벌어진 현상이었다.

민혁은 알틴 톱의 견제를 피해 움직이며 패스를 보냈다.

"샤이스(Scheisse: Shit)!"

공을 놓친 알틴 톱과 로벤은 이를 악물고 공을 따라 달렸다. 그러자 민혁에게 공을 받았던 아르샤빈은 다시 민혁에게 공을 보냈고, 민혁은 그 공을 받는 즉시 앞으로 질주해 바이에른 뮌헨의 수비진을 헤집었다. 뮌헨 선수들을 스피드로 압도할 정도는 아니었지만, 테크닉을 살린 민혁의 질주를 막을 수 있는 선수는 아무도 없었다.

바로 그다음 순간.

민혁은 왼발 바깥쪽으로 공을 밀었다.

─로시츠키 골! 윤민혁 선수의 어시스트입니다! 2009─10 챔피언스리그 결승전 첫 골! 아스날 선수들 환호합니다!

아스날 선수와 팬들은 물론, BVB 도르트문트의 유니폼을 입은 관중들도 환호하고 있었다. 아마도 바이에른 뮌헨이 아스날에게 패배하길 바라며 직관을 선택한 도르트문트의 팬들일 터였다.

"로시츠키! 로시츠키!"

그들은 로시츠키의 이름을 힘차게 외쳤다. 도르트문트에서 분데스리가의 조율자로 불렸던 로시츠키에 대한 그리움도 담겨 있는 외침이었다.

로시츠키는 그들이 있는 곳을 바라보며 두 팔을 하늘 높이 들어 올렸다. 우승에 한 걸음 가까워졌음을 자축하고 있는 것 같았다.

뮌헨 선수들은 입술을 질끈 물었다. 다른 선수도 아닌 로시츠키에게 골을 허용했음에 불쾌감을 느낀 것이다.

"올리치! 좀 더 전진해! 로벤은 좀 더 뮐러 쪽으로! 그래! 좀 더!"

루이스 반 할은 벤치에서 고함을 질렀다. 결승전에서 패배라는 결과를 받아들이고 싶지는 않았다.

그것은 뮌헨 선수들도 다르지 않았다.

―슈반스타이거 강하게 압박합니다. 윤민혁 선수 전진이 어려운 상태, 측면의 월콧에게 공을 돌립니다.

―뮌헨 선수들의 눈빛이 달라졌어요. 독기가 생긴 모양입니다.

―반 봄멜이 월콧을 막습니다. 로벤의 커버가 이루어지네요. 로벤 선수가 수비에 가담하는 건 좀처럼 보기 드문 모습인데요.

―아, 반 봄멜 공을 탈취합니다. 달라붙는 월콧. 토마스 뮐러가 공 이어받습니다. 뮌헨의 역습! 상당히 빠릅니다!

뮌헨은 거세게 아스날을 몰아붙였다. 한 골을 넣고 기세가 올랐던 아스날이 버거워할 정도의 강공이었다.

그렇게 이어지던 전반이 끝나갈 무렵.

뮌헨은 기어코 동점을 따냈다.

*   *   *

토마스 뮐러의 골은 경기의 흐름을 뒤바꿔 놓았다.

그 골이 터지고 나서부터 하워드 웹의 휘슬이 울리기 전까지의 5분은 아스날에겐 악몽과도 같은 시간이었다. 그 5분 동안 무려 6번이나 되는 유효 슈팅을 허용한 데다, 사실상 골이나 다름없는 장면도 허용했기 때문이었다.

아마도 그 상태로 5분이 더 지났다면 한 골은 반드시 허용했을 것 같았던 흐름.

거기서 벗어난 아스날 선수들은 가쁜 숨을 몰아쉬며 질렸다는 표정으로 고개를 저었다.

"다들 진정해라. 긴장할 거 없다."

벵거는 선수들에게 직접 물병을 가져다주며 격려를 꺼냈다. 평소엔 이런 모습을 보이지 않는 벵거였기에 의외라는 느낌이 찾아왔지만, 이 경기의 중요성을 생각하면 이상할 게 하나 없었다.

아스날 최초의, 그리고 아르센 벵거라는 감독 최초의 챔피언스리그 우승이 걸린 경기가 아닌가.

"후반전엔 뮌헨이 좀 더 약해질 거다. 전반 막판에 너무 많이 뛰었으니까."

"그건 저희도……."

"윤이랑 로빈은 많이 뛰지 않았지."

벵거는 민혁과 로빈 반 페르시를 보며 말을 멈췄다. 반 페르시는 어깨를 으쓱했고 민혁은 쓴웃음을 지으며 고개를 끄덕였다. 그들은 만에 하나 있을 역습을 대비해 체력을 보존해 놓고 있었던 것이다.

"자, 그럼 긴장을 지우고… 전반전 초반의 흐름을 생각해 봐라."

벵거는 긴장한 선수들을 진정시켰다. 하프타임 동안 억눌린 기세를 회복하지 못하면 후반전에도 힘든 흐름이 계속될 터였다.

다행히 선수들은 금세 평정심을 찾았다. 그들도 이번 경기의 중요성을 아는 까닭에 쉽게 집중할 수 있었던 덕분이었다.

평온해진 선수들의 표정을 살핀 벵거는 후반전 대책을 입에 담았다.

"전술은 그대로 간다. 굳이 하나를 변경하자면……."

벵거는 잠시 말을 끌다, 뮌헨 선수들이 있을 방향을 바라본 후 말을 이었다.

"…시프트다."

＊　　　＊　　　＊

산티아고 베르나베우를 찾은 팬들은 경기장으로 돌아온 선수들을 향해 격려와 야유를 동시에 날렸다.

당연히 격려는 자신들이 응원하는 팀의 선수들을 향해 있었고, 야유는 반대편 팀의 선수들을 향해 있었다. 아스날 팬이건 뮌헨의 팬이건 다르지 않은 행동이었다.

─챔피언스리그 결승전, 아스날 대 바이에른 뮌헨, 바이에른 뮌헨 대 아스날의 경기가 이제 곧 후반전을 맞이합니다.

김동완 해설님, 후반전 전망은 어떻게 보십니까?

—에… 후반전 초반엔 아마 탐색전 양상이 진행될 것 같습니다. 전반 막판에 바이에른 뮌헨이 기세게 몰아쳤지만 이미 시간이 많이 지나서 기세를 유지할 수는 없을 거고요, 하프타임에 한숨 돌린 아스날도 전격전으로 나가기엔 무리가 좀 있을 겁니다. 하프타임은 자신감을 완전히 회복하기엔 짧은 시간이거든요. 초반에 골을 넣지 않는 이상은 평정심을 유지하는 게 고작이겠죠.

중계진이 대화를 나누는 사이, 경기장으로 돌아온 하워드 웹이 센터서클로 향하며 목에 건 휘슬을 입에 물었다.

그로부터 얼마 후, 후반전이 시작되었다.

—아, 주심 휘슬 불었습니다. 후반전 시작합니다!

후반 초반은 뮌헨의 분위기가 좋았다. 전반전의 기세가 아직 남아 있던 그들은 이제 막 평정심을 회복한 아스날 선수들을 밀어붙였다. 다소 거친 느낌의 플레이도 이어졌는데, 아마도 아스날 선수들을 흔들려는 플레이 같았다.

"테오! 여기!"

민혁은 월콧을 부르며 손을 들었다. 월콧은 민혁이 있는 곳으로 패스를 밀었지만 속도가 빨랐다. 아슬아슬하게 공을 놓친 민혁은 한숨을 내쉬면서도 손을 들어 잘했다는 신호를 보내주었고, 움츠러들었던 월콧은 간신히 흔들리지 않을 수 있었다.

그 후로 이어진 경기는 대등한 상태로 진행되었다. 약 10여 분 동안 쉴 새 없이 공방을 오가던 양 팀은 숨을 돌리려는 듯한 플레이로 돌아섰다. 뮌헨은 전반 막판 힘을 낸 부작용이었고, 아스날은 몇 번 공을 흘린 월콧이 혼란에 빠져 버린 탓이었다.

"선수교체 신청합니다."

벵거는 월콧을 불러들이고 베일을 넣었다. 지친 월콧이 질주할 타이밍을 잡지 못하고 있다는 판단이었다.

─아스날, 테오 월콧을 불러들이고 가레스 베일을 투입합니다. 속도전 기조를 유지하겠다는 이야기겠죠?

─그렇습니다. 지금 아스날은 월콧 선수가 공을 놓쳐서 속도를 살리지 못하고 있었거든요.

─이제 아르샤빈 선수가 오른쪽으로 가고… 베일 선수는 왼쪽 날개로 가네요. 예상했던 그대로입니다.

─플레이 재개됩니다. 사냐 선수 스로인! 고단이 잡아 플라미니에게 넘깁니다.

바이에른 뮌헨의 2선은 일제히 압박에 들어갔다. 공이 전진하지 못하도록 하겠다는 의도였다.

그 순간, 민혁과 반 페르시, 그리고 아르샤빈이 서로 위치를 바꿨다.

민혁을 붙잡고 슈반스타이거와 반 페르시를 붙잡고 있던

수비진, 그리고 아르샤빈을 마크하던 반 봄멜은 혼란에 빠졌다. 그러자마자 플라미니는 전방 우측면을 향해 힘차게 공을 날렸고, 그곳으로 들어간 반 페르시는 헤딩으로 공을 따내 앞으로 보냈다. 침투한 민혁을 노린 헤딩 패스였다.

─반 페르시 헤딩! 윤민혁 선수가 잡습니다!

민혁은 공을 잡자마자 힐킥으로 뒤로 보냈다.

공은 아르샤빈에게 연결되었다. 최근 폼이 좀 침체되어 있던 아르샤빈이지만, 혼란에 빠진 뮌헨 수비를 헤집을 정도의 능력은 남아 있었다.

─아르샤빈 침투합니다! 슛이냐, 슛이냐! 슛! 키퍼 쳐냄… 윤민혁 선수가 그대로 집어넣습니다! 아스날의 두 번째 골! 아르샤빈 선수를 뒤따라 침투한 윤민혁 선수가 왼발로 가볍게 밀어 넣었습니다!

뮌헨의 골키퍼 요르그 부트는 망연자실한 표정으로 무릎을 꿇었다. 아르샤빈의 골을 막았다 싶은 순간 나타난 민혁이 한 번의 터치로 그의 노력을 허사로 만든 것이다.

"Good Yun Arsenal, we're proud to say that name And while we sing this song we'll win the game."

아스날 팬들은 일제히 일어나 민혁의 응원가를 불렀다. 아스날이란 클럽의 응원가인 Good Old Arsenal의 일부 구절에서 Old만 윤으로 바꿔놓은 형태였다. 그만큼 민혁이 아스날에서 차지하는 비중이 높다는 이야기였다.

잔뜩 달아오른 아스날 팬들과 달리, 뮌헨의 팬들은 붉어진 얼굴로 선수들을 향해 야유를 퍼부었다. 단 한 번의 시프트 동작에 허둥지둥하다 골을 먹어버린 뮌헨에게 실망을 하고 있는 것 같았다.

뮌헨 선수들은 이를 악물고 점수를 만회하려 뛰었다. 그러나 전반 막판과 후반 첫 10분에 지나치게 힘을 낸 그들은 활동량에서 아스날을 앞서지 못했고, 아스날은 앞서고 있다는 이점을 한껏 활용해 뮌헨 선수들을 끌어냈다 밀어내길 반복하며 체력을 유지했다.

가끔 위험한 순간도 없지는 않았으나, 민혁과 베일, 그리고 아르샤빈의 돌파를 이용해 역습을 펼친 덕분에 뮌헨은 마음 놓고 공격을 하지도 못하는 상황이었다.

─베르마엘렌 태클로 공 끊습니다. 흘러나온 공을 고딘이 받아 로시츠키에게 패스. 토마스 뮐러 압박하지만 타이밍이 늦습니다. 공은 윤민혁 선수에게로…….

아스날은 빠르게 패스를 돌리며 침투를 노렸다. 이기고 있지만 시간을 끌 생각은 없는 것 같았다. 그만큼 뮌헨의 기세가 꺾여 있었다는 이야기였다.

아스날의 두 번째 골이 들어간 이후, 경기는 일방적인 흐름으로 진행되었다.

체력을 거의 소진한 데다 기세까지 꺾여 버린 뮌헨은 체력과 기세 모두에서 우위를 점한 아스날의 공세를 막는 데 남은 힘을 전부 쓸 수밖에 없었다. 간간이 로벤과 뮐러를 통한 반격이 나오긴 했지만 고딘과 베르마엘렌을 비롯한 아스날의 포백을 뚫지는 못했고, 멀리서 한 번씩 중거리 포를 날리는 정도가 고작이었다.

결국, 경기는 반전 없이 끝났다.

아스날의 첫 챔피언스리그 우승이자, 벵거와 민혁이 처음 드는 빅 이어였다.

*   *   *

"벵거 감독님. 좀 더 이쪽 봐주시고… 월콧 선수, 좀 더 옆으로 붙어주세요. 네, 그렇게요."

사진사는 선수들의 위치를 조정했다. 2010-11 시즌 팸플릿에 넣을 우승 사진을 찍기 위해서였다.

민혁은 빅 이어와 프리미어리그 우승컵에 손을 대었다. 더블을 경험한 적은 몇 번 있었지만, 챔피언스리그 우승이 포함된 더블은 이번이 처음이었다.

더군다나, 이번 더블은 자신이 주축이 되어 기록한 더블이 아닌가.

그 생각에 감격에 젖어 있던 민혁은 날카로운 목소리를 듣곤 움찔하며 트로피에서 손을 떼었다.

"윤 선수! 그거 만지시면 안 됩니다. 손 떼세요."

"…네."

"그럼 찍습니다. 하나, 둘……."

셋 하는 소리와 함께 플래시가 번쩍였다.

사진 촬영이 끝나자마자, 선수들은 일제히 환호하며 내려와 빅 이어를 둘러쌌다. 챔피언스리그 결승전이 끝난 후 시상식에서 환호를 터뜨렸던 그들이지만, 몇 번을 되풀이해도 질리지 않을 느낌이었다.

민혁은 빅 이어에 키스를 하는 클리시를 보고는 웃으며 몸을 돌렸다.

그러자마자, 복도로 이어지는 길목에서 기다리고 있던 기자가 다가와 마이크를 내밀고 입을 열었다.

"안녕하세요. 저 기억하시죠?"

"햄스워스 기자님?"

"맞습니다."

데일리 메일의 햄스워스는 손가락 다섯 개를 내밀었다. 이번에도 5분만 내달라는 이야기였다.

민혁은 고개를 끄덕인 후 그와 함께 카페로 향했다. 챔피언스리그 우승을 한 덕분인지, 5분이 아니라 50분이라도 내어

줄 수 있을 만큼 기분이 좋았다.

카페로 향한 햄스워스는 웃으며 축하의 말을 건넸다.

"우선, 챔피언스리그 우승 축하드립니다."

"감사합니다."

민혁은 마주 웃어주고는 컵을 입에 대었다. 씁쓸한 아메리카노지만 왠지 달게만 느껴졌다.

"이번 우승이 아스날의 첫 대륙컵 우승인데요, 기분이⋯⋯."

"처음은 아니죠. 챔피언스리그 우승이 처음인 거지."

"아, UEFA 컵 위너스 컵⋯⋯."

햄스워스는 16년 전에 기록한 아스날의 대륙컵 우승을 간신히 떠올렸다. 워낙 비중이 없는 데다 폐지까지 되어버린 대회라 기억하지 못하고 있었던 것이다.

"아무튼 우승 축하드리고요. 기분이 어떠신지 여쭤봐도 될까요?"

"뻔하죠. 굉장히 기분 좋습니다."

민혁은 밝게 웃었다. 누가 보아도 거짓이 아님을 확인할 수 있는 웃음이었다.

햄스워스는 그 뒤로 몇 개의 질문을 이었다. 챔피언스리그를 치르면서 가장 힘들었던 팀이 어디였는지, 그리고 상대하기 가장 까다로운 선수가 누구였는지 등등에 대한 질문이었다.

"가장 힘들었던 팀이야 바르셀로나였죠. 특히 2차전엔 로빈도 쓰러져 버렸었고……."

민혁은 암담했던 기억을 떠올리며 쓰게 웃었다. 지금이야 이렇게 웃으며 이야기하지만, 당시엔 정말 발등에 불이 떨어진 게 이런 거구나 싶었을 정도였다.

그렇게 몇 개의 질문이 끝난 후, 햄스워스는 인터뷰를 마무리하는 질문을 꺼냈다.

"아무튼 이번 시즌 우승컵의 행방은 전부 결정 났지만 트레블은 차지하지 못하셨는데요, 다음 시즌엔……."

"아직 들 수 있는 우승컵 하나 남았어요."

"네?"

"2010 월드컵요. 아스날에서 들 수 있는 컵은 아니지만, 그래도 제일 중요한 대회잖아요."

민혁은 남은 커피를 모두 마신 후 말을 이었다.

"그것도 우승해야죠."

4

2010 월드컵
–
예선 1차전

2010년 5월 28일.

민혁은 오스트리아 인스부르크에 마련된 대표 팀 숙소에 머물고 있었다. 얼마 후 개최될 2010 남아공 월드컵 엔트리에 들었기 때문이었다.

대한민국의 국가대표팀 감독은 아직도 핌 베어벡이었다. 원래는 아시안컵 우승에 실패하고 물러났어야 할 감독이었지만, 민혁의 활약으로 아시안컵 우승을 한 후 계약을 연장해 월드컵까지 맡게 된 것이다.

'하긴 뭐⋯⋯. 어차피 원정 16강은 지난번에 넘었으니까.'

민혁은 원래 저 자리에 있어야 할 무재배의 달인을 떠올리며 쓴웃음을 물었다. 대한민국 국적의 감독으로 최초 16강의 위업을 기록해야 할 사람의 경력 한 줄을 빼앗은 거 아닌가 싶기도 했지만, 지금까지 바꿔온 일이 그것 하나만은 아니라는 생각이 들어서였다.

민혁이 그런 생각을 하고 있을 때, 옆에서 긴장감이 섞인 대화가 흘러나왔다.

"남아공 치안 안 좋다던데."

"우린 호텔에만 있다가 경호받으면서 움직일 거니까 괜찮아. 팬들이 걱정이지."

"그래도 남아공 정부에서 군대 동원해서 신경을 좀 써준다던데?"

옆을 보자 올해 첫 출전인 선수들이 불안해하는 모습이 보였다. 모두 국내파 선수들이었다.

"괜찮아. 치안 나쁘기로 유명한 리버풀에도 10명 넘는 떼강도는 없거든."

"형도 남아공은 안 가봤을 거잖아요."

"뭐……."

민혁은 어깨를 으쓱했다. 남아공 월드컵에서 큰 사고가 없었다는 걸 기억하고 있기에 별다른 걱정은 안 들었지만, 그걸 납득이 가게 설명해 줄 방법은 없었다.

"아무튼 걱정해 봐야 좋을 거 없어. 걱정된다고 월드컵 안 나갈 거야?"

"그건 아니죠……."

민혁은 피식 웃고는 말을 이었다.

"그럼 일단 주전 경쟁에나 힘써. 나도 긴장 좀 해보자."

"발롱도르 2위랑 어떻게 경쟁을 해요?"

대답을 들은 민혁은 한숨을 쉬었다. 하기야 자기도 앙리나 베르캄프와 경쟁을 할 생각은 못 했으니 할 말은 없지만, 그래도 이런 대답을 듣자 왠지 힘이 빠지는 느낌이었다.

이래서야 월드컵 우승을 할 수 있을까.

'뭐… 내가 잘하면 되겠지.'

민혁은 잠깐 떠올랐던 걱정을 지웠다. 벤트너랑 송 같은 애들을 데리고 챔피언스리그 결승전에 올랐던 자신이 월드컵이라고 못 할 게 뭐란 말인가.

걱정을 지운 민혁은 긴장한 후배들을 돌아보며 말을 이었다.

"그럼 나 하는 거 보고 배우기라도 해."

"튜터링 같은 건 안 돼요?"

"욕심 너무 많은 거 아니냐……."

그렇게 말하며 웃은 민혁은 달력에 그려진 동그라미 표시를 확인해 보았다. 다음 경기 친선전 일정을 확인하기 위해서였다.

이틀 후인 5월 30일, 민혁은 벨라루스와의 친선전에서 원톱으로 출전해 두 골을 뽑아냈다. 로빈 반 페르시의 부상으로 한동안 원톱을 수행한 덕분에, 톱에서의 감각이 올라온 덕분이었다.

그로 인해, 한국은 월드컵을 대비한 첫 친선전에서 승리를 거뒀다. 언론들의 기대감이 한껏 높아지는 순간이었다. 5월 24일에 열린 일본과의 친선전에서 무승부를 거뒀던 것에 대한 아쉬움을 풀어내는 경기라는 느낌이었다.

하지만 그로부터 3일 후 열린 스페인과의 친선전에선 승리하지 못했다. 민혁이 회귀하기 전 이번 월드컵에서 우승을 차지했던 팀답게, 스페인 대표 팀은 바르셀로나를 떠올리게 하는 티키타카로 대한민국 대표 팀을 농락하다시피 하며 승리를 거둔 것이다.

스코어는 2 대 1이었지만, 경기의 내용을 생각하면 4 대 0이 나왔어도 이상하지 않을 수준이었다.

그 경기가 끝난 후, 베어벡 감독은 미간을 좁히며 생각에 잠겼다.

'톱이 너무 부실해.'

그는 화이트보드에 붙어 있는 전술 판을 보며 이마를 긁었다.

벨라루스 정도의 팀을 상대로는 민혁을 톱에 놓는 게 가장 효과적이었다. 그러나 스페인과 같은 강팀을, 특히 미드필더진이 단단한 팀을 상대로는 민혁을 톱에 놓을 수 없었다. 중원의 싸움에서 밀려 버리면 전방에 공이 전달되지도 않기 때문이었다.

하지만 민혁을 중원에 놓으면 전방의 무게감이 확연히 떨어졌다. 축협에서 줄기차게 밀고 있는 박주혁이 나쁜 선수는 아니었지만, 월드컵에서도 통할 만한 수준인지에 대해선 의구심이 드는 베어벡이었다.

2007 아시안컵에서도 대회를 말아먹을 뻔했던 박주혁이 아닌가.

"안정훈이나 이동욱이 두 살만 어렸어도……."

그는 의자에 몸을 묻고 눈을 감았다. 아무래도 세대교체에 실패한 느낌이었다.

하지만 그로서도 어쩔 수 없었다. 애초에 한국 축구계에 인재가 너무 없었다. 2002 월드컵의 그림자가 드리워져 변화가 조금씩 일어나곤 있으나, 그것이 제대로 효과를 보려면 적어도 4~5년은 더 있어야 했다.

그나마 민혁이 구단주로 있는 제천 시민 구단의 유소년들이 제법 두각을 드러내고 있다고는 하지만, 그들 중에도 이번 월드컵에 나올 만한 인재는 없었다.

무엇보다, 겨우 10대 중후반에 불과한 그들에게 월드컵을 맡기는 건 아무래도 무리수였다.

'윤도 그 나이엔 대표 팀이 아니었지.'

베어벡은 잠깐 떠오른 생각을 지워 버렸다. 다음 대회에선 그들이 활약할 가능성이 컸지만, 이번 월드컵에선 아무 소용도 없는 이야기였다.

고민에 잠긴 그는 몇 가지 방법을 떠올려 보았다. 그러나 마음에 드는 답은 나오지 않았다. 민혁이나 박지석의 수준에 도달한 선수가 두 명만 더 있었다면 어떻게든 방법을 찾아내었겠지만, 지금의 대표 팀엔 그 둘을 제외하면 월드 클래스라 불릴 만한 수준의 선수가 없었다.

그러나 고민을 끝내기도 전에, 월드컵 개막이 다가오고 말았다.

*　　　*　　　*

─전국에 계신 시청자 여러분 안녕하십니까. 2010 남아공 월드컵 중계를 맡게 된 캐스터 송영준.

─해설 김동완입니다.

─드디어 2010 월드컵이 개막했는데요, 이번 월드컵에 대한 국민들의 기대가 아주 높아요. 아시다시피 주장 박지석 선수도 건재한 데다 윤민혁 선수가 작년 발롱도르 2위를 기록하지

않았습니까? 일각에서는 올해가 바로 월드컵 우승의 적기라고 주장하는 사람도 많은데… 김동완 해설께서는 어떻게 생각하시나요?

김동완 해설은 깍지 낀 손으로 뒷목을 받치고 눈을 감았다. 사실은 운전 피로로 인해 보이는 모습이지만 시청자들의 눈엔 가능성에 대해 심사숙고하고 있는 걸로 보였다.

—우승까지는 힘들 겁니다. 아무래도 스페인이 너무 강해요. 아시다시피 스페인은 지지난 시즌 6연패를 기록한 바르셀로나 선수들이 주축이 된 팀 아니겠습니까? 메시는 없지만 그 외의 모든 부분이 그 바르셀로나를 업그레이드한 팀이라고 봐야죠.

—방금 메시를 언급하셨는데요, 바로 그 메시의 부재가 크지 않을까…….

—네?

—지금 스페인에 메시가 있었다면 더 강하지 않았을까 하는 거죠. 2008—09 시즌 바르셀로나의 재림이 아닐까 하는 이야기도 있고요.

김동완 해설은 고개를 저었다.

—저는 아니라고 봅니다. 사실 국대 메시는 리그 메시와 달리 엄청난 선수까지는 아니거든요. 물론 스페인의 톱인 다비드 비야나 페르난도 토레스가 바르셀로나의 메시보다는 많이

부족하지만, 그래도 아르헨티나의 메시보다는 강하다고 봅니다.

　—그 말씀은 대한민국의 16강 진출에 대해 긍정적으로 보신다는 이야기일 수도 있겠네요. 메시가 있는 아르헨티나가 조별리그 상대니까요.

　—뭐… 그럴 수도 있겠습니다. 하지만 아르헨티나에 메시만 있는 건 아니죠. 조심해야 합니다.

　송영준 캐스터는 어깨만 으쓱했다. 국내외 언론에서는 이번 월드컵 16강 진출국을 아르헨티나와 대한민국으로 예상하고 있었고, 그 역시도 그 예상에 완전히 동의하고 있었다.

　그리스와 나이지리아도 무시할 만한 팀은 아니었으나, 지금까지의 월드컵 성적은 물론 선수들의 면면을 살펴봐도 대한민국이 주의를 해야 할 팀은 아르헨티나가 유일하다는 게 대다수의 생각이었다.

　그는 슬쩍 화제를 돌렸다.

　—그럼 오늘 경기로 넘어가서… 시청자 여러분께선 남아공 포트엘리자베스에서 열리는 대한민국 대 그리스의 경기를 보게 되실 텐데요. 김동완 해설님, 이 경기에서 가장 주목해야 할 점은 어떤 걸까요?

　—아시다시피 그리스는 유로 2004 우승국이죠. 물론 우승을 한 지 6년이나 지났고 그때의 선수들이 많이 은퇴를 하긴

했습니다. 하지만 그 당시의 전술을 그대로 쓰고 있다는 점은 주목해 봐야죠. 무려 6년 동안이나 팀워크를 다져온 선수들이라는 겁니다.

—그런데 김동완 해설님.

—네.

—6년 동안 팀워크를 다져왔다는 건 분명히 경계를 할 만한 일이긴 한데… 다시 말하면 6년 동안 전술적 발전이 없었다는 이야기 아닐까요?

—그게 또 그렇지 않습니다.

김동완 해설은 넥타이를 가볍게 풀며 이야기를 이었다.

—그리스는 선수비 후역습 체제로 재미를 많이 보았던 팀이죠. 이런 전술을 취하는 팀은 알아도 대비를 하기가 어려워요. 중요한 건 상대의 수비를 어떻게 뚫느냐, 그리고 상대의 역습을 어떻게 막아내느냐 하는 걸 텐데요. 이런 부분에 있어서……

—아, 지금 선수들 입장합니다. 화면 보시죠.

화면엔 대한민국과 그리스의 포메이션이 나타났다. 대한민국은 4—4—2 전술을 채용하고 있었고, 상대 팀 그리스도 대한민국과 같은 4—4—2 포메이션을 구축하고 있었다.

차이점이 있다면 대한민국은 다소 공격적인 라인업을 구성한 데 비해, 그리스는 파나티나이코스의 수비진을 주축으로 한 수비적인 라인업을 들고 나왔다는 정도였다.

"민혁이 형, 쟤들이랑 붙어본 적 있어요?"

"없어."

민혁은 라이트윙으로 나온 이정용의 질문에 고개를 저었다. 그리스 선수들 중에 챔피언스리그에 출전한 경험이 있는 건 셀틱 출신의 사마라스 정도였고, 나머지는 대부분 유로파리그에 출전하는 선수들이라 직접 만나본 경험은 없었다.

"그래도 방심하면 안 돼. 수비적으로 나오는 상대 뚫는 거 쉬운 일 아니까."

"형이랑 지석이 형 있는데 뭐가 걱정이에요."

"…방심하지 말라니까."

"그래 인마. 민혁이 말 들어."

이번 경기에서 레프트윙으로 나온 박지석은 이정용의 머리를 가볍게 쓸고는 자리로 향했다. 하지만 얼굴엔 이번 경기에서 질 리가 없다는 표정이 떠올라 있었다. 하기야 월드컵 4강과 8강에 챔피언스리그 결승전까지 경험했던 그가 이 정도 경기에서 압박감을 느낄 리 없었다.

그를 본 민혁은 쓴웃음을 물었다. 왠지 자신도 긴장감이 지워지는 느낌이었다.

"하긴 뭐… 이탈리아도 아닌데 방심만 안 하면 이기겠지."

그렇게 중얼거리던 민혁은 두 손을 꽉 잡고 있는 차두희를 보고는 웃으며 물었다.

"기도해요?"

"응."

"진짜요?"

"저기 아버지가 보고 계시거든."

"…형도 진짜 힘들겠네요."

민혁은 진심으로 안타깝다는 표정을 지었다. 사실 자신과 박지석을 제외하면 대한민국 최고의 선수였지만, 레전드의 아들이란 이유로 부담감을 더 느끼고 있는 차두희가 불쌍하다는 생각마저 들고 있었다.

"오늘 골 하나 넣게 해드릴게요."

"진짜지?"

"침투 기회만 잘 보세요. 형 원래 공격수였잖아요."

차두희는 기도를 멈추고 민혁의 어깨를 툭툭 쳤다. 왠지 기대감이 담겨 있는 제스처라 부담감이 살아나는 느낌이었다.

'뭐… 두희 형이 한 골만 넣어도 팀 분위기는 완전히 살겠지.'

민혁은 숨을 길게 내쉬어 부담감을 지웠다. 자신 없이도 원정 16강을 이뤘던 대회니 충분히 승리를 거둘 수 있을 거라는 생각도 도움이 되었다.

그로부터 몇 분 후.

심판의 휘슬과 함께, 2010 남아공 월드컵 B조의 예선이 시작되었다.

　　*　　　　*　　　　*

—그렇죠! 저거예요! 바로 저게 축구라는 스포츠입니다!

TV에서는 환호하는 해설진의 목소리가 흘러나왔다. 민혁의 드리블 돌파에 이은 패스가 박지석을 거쳐 엄기훈의 골로 연결된 것이다.

"민혁이 잘하네."

조기퇴근을 하고 집에 온 민혁의 아버지는 그를 따라온 회사 직원들과 함께 맥주를 마시며 TV를 보고 있었다. 본래는 회사 근처 치킨집에서 회식을 하며 볼 생각이었지만, 치킨집이 만석이라 어쩔 수 없이 집까지 오게 된 터였다.

TV를 보던 부하 직원은 맥주 캔을 내려놓으며 부럽다는 표정으로 입을 열었다.

"부장님, 이번에 아들 덕 좀 보시겠어요. 사장님이 월드컵 우승만 하면 부장님을 전무로 승진시켜 주신다면서요."

"에이, 그냥 하는 말이지. 우리 회사가 아무리 중소기업이라지만 그렇게 주먹구구식으로 되나."

"부장님 연차도 꽤 쌓였잖아요? 이번에 내부 승진도 있다고

하니까 가능할걸요?"

민혁의 아버지는 어깨를 으쓱한 후 지나가듯 말했다.

"잘하긴 해도 우승까지 하겠어? 민혁이 혼자 축구하는 건 아니잖아?"

"그래도 잘하면 좋잖아요. 우승을 못 해도 사장님 마음에만 들면 가능성은 있을 텐데……."

"뭐… 그거 아니어도 아들 덕이야 오래전부터 보고 있었지."

그는 거실을 슬쩍 보았다. 민혁이 준 돈을 모아 리모델링을 한 덕분에, 건축 연한이 20년이 지났는데도 2~3년 전에 지은 집과 다를 바 없었다.

그를 따라온 부하 직원은 입맛을 다시며 TV로 고개를 돌렸다. 자기 아들도 축구를 시켜볼까 하는 생각도 드는 순간이었다.

"아유, 과일 좀 드시고 보세요."

민혁의 어머니 박순자 여사는 과일을 내어 왔다. 급하게 깎아 왔는지 여기저기 깎이지 않은 껍질의 흔적이 남아 있었다.

그것을 받아 든 민혁의 아버지는 접시를 내려놓고는 그녀에게 물었다.

"민아는 어디 갔어?"

"학원 보냈지."

"학원?"

"한 반년 놀더니 평균 87점 받았잖아. 90점 안 되면 학원 가기로 약속했으니까 학원 가야지."

"그래도 오빠가 월드컵 나갔는데 그건 보게 해야지."

"몰라. 학원에서 보겠지."

박순자 여사는 귀찮다는 표정으로 손을 홰홰 젓고는 화제를 돌렸다.

"근데 우리 민혁이 잘해요?"

"그럼요! 대한민국 에이스 아닙니까. 발롱도르 2위 한 선수가 못하면 말이 안 되죠. 사모님 정말 좋으시겠어요."

"아니, 뭐… 저는 축구 잘 몰라서요. 잘하면 좋긴 한데……."

그녀는 애매한 반응을 보였다. 아들이 돈 잘 벌고 유명해진 건 좋은데, 아직도 판검사가 됐으면 더 좋았을 거란 생각을 하는 듯했다.

그 모습에 혀를 차던 그녀의 남편은 못마땅한 표정으로 고개를 돌렸고, TV에 나온 모습을 보고는 눈을 동그랗게 뜬 채 당황하며 입을 벌렸다.

"아니, 저, 저……."

*　　　*　　　*

경기의 분위기는 싸늘하게 식어 있었다. 그리스의 센터백 빈트라가 수비 중에 박주혁의 얼굴을 팔꿈치로 찍어 쓰러뜨린 탓이었다.

양 팀 선수들은 쓰러진 박주혁을 둘러싼 채 신경전을 벌였다. 그나마 침착함을 유지하고 있던 선수들이 끼어 말렸기에 망정이지, 그러지 않았다면 주먹다짐이 오갔을 분위기였다.

―아, 이게 뭔가요. 루카스 빈트라 선수, 동업자 정신이 지나치게 부족한 행동입니다. 이건 카드 나와야죠.

―그리스 주장 요르기오스 카라구니스가 심판과 이야기를 나누고 있습니다. 카드는 나오지 않을 분위기죠?

―방금 느린 화면으로 조금 전 장면이 재생되었는데요, 신경질적으로 밀치긴 했지만 의도적으로 얼굴을 찍어버릴 생각은 없었던 걸로 보여요. 루카스 빈트라 선수의 시선은 앞쪽을 향해 있었지 않습니까? 박주혁 선수의 얼굴을 찍어버릴 거라고는 생각하지 못했을 거란 소리죠.

―하지만 지나친 파울 같은데, 카드를 줘야 하는 거 아닌가요?

―저도 그 의견에 동의합니다. 하지만 이 경기의 주심인 마이클 헤스터는 카드를 잘 안 주는 심판이죠. 고의성이 없었다면 구두 경고로 넘어갈 가능성이 큽니다.

김동완 해설의 분석은 이번에도 들어맞았다. 주심은 루카스 빈트라의 파울에 고의성이 없다고 판단해 구두 경고를 주었고, 박주혁은 자리에서 일어나 코를 어루만지며 불만을 토로했다. 당연히 카드가 나와야 하는 것 아니냐는 항의였다.

하지만 한번 나온 판정이 바뀔 리는 없었고, 박주혁은 잔뜩 인상을 쓴 채 반칙 지점에 공을 놓고 프리킥을 준비했다.

—박주혁 선수 프리킥 준비합니다. 직접 차겠죠?

—이 위치라면 직접 슈팅을 충분히 노릴 수 있죠. 박주혁 선수라면 가능합니다.

박주혁은 숨을 길게 내쉬곤 달려가 공을 때렸다. 골문 구석을 노린 직접 슈팅이었다.

—골! 대한민국의 두 번째 득점! 박주혁 선수의 프리킥 득점으로 2 대 0이 됩니다!

관중석 한쪽을 채운 대한민국 응원단은 부부젤라를 마구 불어재끼며 환호성을 터뜨렸다. 그 소음에 노출된 민혁은 인상을 쓰며 귀를 막고 그쪽을 보았지만, 그 모습에 오히려 신이 나버린 응원단의 소음은 높아져 갔다.

결국 민혁은 도망치듯 경기장 중앙으로 향했다. 정말 부부젤라를 만든 놈의 손목을 비틀어 버리고 싶은 느낌이었다.

그렇게 2 대 0이란 스코어가 만들어진 후, 그리스의 플레이는 한층 더 거칠어졌다.

유럽에서 축구를 가장 거칠게 하는 곳은 터키라고 알려졌지만, 바로 그 터키와 국경을 맞대고 있고 교류도 많은 그리스 축구도 터키 못지않은 더티함을 가지고 있었다. 경기 전 베어벡 감독도 지나가듯 이야기한 내용이었다.

이번 경기는 그 더티한 축구의 결정판을 보여주는 느낌이었다.

대한민국 선수들은 그리스 선수들의 몸싸움에 휘말려 휘청거렸다. K리그도 사실 페어플레이와는 조금 거리가 있는 리그였고, 거기에 대표 팀 선수들은 중국 팀들과의 아시아 챔피언스리그에서의 경험도 쌓였던 선수들임에도 그리스의 방식에 말리고 있었다. 더티함의 수준이 차이가 크다는 이야기였다.

"윽."

민혁은 발목으로 들어오는 태클을 피하다 바닥에 쓰러졌다. 웬만해서는 잘 보이지 않는 모습이라 관중들은 물론 심판까지 놀라 그곳으로 달려왔다.

"괜찮나?"

민혁은 어깨만 으쓱했다. 직접적인 충돌은 없었지만 피하는 게 조금만 늦었더라도 큰 부상을 입을 뻔했던 순간이었다.

주심 마이클 헤스터는 흥분한 대한민국 선수들을 진정시키곤 태클을 시도한 그리스 수비에게 카드를 날렸다. 공교롭게도 조금 전 박주혁을 가격했던 루카스 빈트라였다.

─루카스 빈트라 선수 옐로카드를 받습니다. 의외로 바로 수긍하고 넘어가네요.

―아마도 몇 분 전에 했던 반칙 때문이겠죠. 스스로도 누적이 되었단 걸 아는 거예요.

민혁은 자리에서 일어나 바지를 툭툭 털곤 고개를 돌렸다. 마침 옆으로 온 차두희에게 할 말이 있었던 것이다.

"이거 저한테 밀어주고 박스로 들어가세요."

"침투하라는 거야?"

"지금이 기회거든요."

차두희는 그리스 진영을 한 번 보고는 고개를 끄덕였다. 2 대 0 상황에 유의미한 지점에서 프리킥을 내주었다는 게 그들을 흔들고 있는 것 같았다.

잠시 후, 그리스 수비진을 뒤쪽으로 이동시킨 주심이 휘슬을 불었다.

차두희는 민혁에게 공을 밀어주자마자 박스로 달렸다. 그리스가 세웠던 수비벽은 차두희의 돌진에 놀란 선수들의 동작에 허물어졌고, 민혁은 페어를 이룬 이정우와 2 대 1 패스를 시도해 수비진을 뚫어내곤 박스로 들어간 차두희를 노리고 패스를 넣었다.

―차두희 선수 좋은 위치에서 공을 받았습니다! 접느냐, 접느냐…….

차두희는 공을 접으려다 실수로 흘려 버렸다. 아무도 예상치 못했던 흐름이라 그리스 수비진들도 순간 움찔하고 말았고, 그 공은 데굴데굴 굴러 민혁의 발밑에서 그대로 멈췄다.

다음 순간, 기쁨에 찬 중계진의 외침이 들렸다.

―윤민혁 선수 득점! 스코어 3 대 0으로 벌어집니다!

*　　*　　*

그리스전을 승리로 장식한 민혁은 기자회견을 마치고 숙소로 향했다. 1골 1어시스트로 맨 오브 더 매치에 꼽혔기 때문이었다.

"골 넣게 해준다더니 치사하게 자기가 넣고 말이야."

차두희는 웃으며 장난스레 말했다. 아쉬움이 조금 담겨 있긴 했지만 기분이 나쁘지는 않은 것 같았다.

"전 최대한 밀어줬거든요……."

"그냥 하는 말이지. 넣었으니 됐어. 어시스트 그냥 먹은 느낌이더라."

그는 민혁의 등을 팡팡 두들겨 주곤 커피 잔을 들었다. 그 상황에서 민혁이 골을 넣은 덕분에 아버지에게 욕을 먹지 않을 수 있었다는 생각을 하는 것 같았다.

그렇게 이야기가 진행되던 중, 와이프와 통화를 막 끝낸 이동욱이 지나가듯 물었다.

"다음 경기 아르헨티나잖아. 메시 나오지?"

"나오겠죠."

이야기는 다음 경기에 대한 내용으로 바뀌었다. 그중에서도 리오넬 메시에 대한 이야기가 많았는데, 현재 세계 최고의 선수 중 하나로 꼽히는 메시와 맞상대를 해야 한다는 게 부담으로 다가온 모양이었다.

"메시는 대체 어떻게 막죠?"

"메시보단 이과인이랑 테베즈가 걱정이지."

민혁은 테이블에 팔꿈치를 댄 채 턱을 괴고 말했다. 이제는 기억이 가물가물했지만, 회귀 전엔 메시는 골을 못 넣고 이과인이 해트트릭을 기록했던 것 같았다.

좀 더 기억을 더듬던 그는 어깨를 으쓱하며 입을 열었다.

"어차피 감독이 마라도나니까 그렇게 겁먹을 거 없어."

선수로서의 마라도나는 언터처블이지만, 감독으로서의 마라도나는 발렌시아를 말아먹은 게리 네빌과 크게 다를 게 없었다.

무엇보다 아르헨티나의 초호화 스쿼드를 가지고 볼리비아에게 6실점 1득점을 한 것은 변명의 여지가 전혀 없는 결과였고, 그 과정도 당황스러움을 넘어 어이가 없어질 지경이었으니 말이다.

"야, 야, 겁먹지 마. 우리도 민혁이 있어."

박지석은 긴장한 선수들을 향해 웃으며 말했다. 발롱도르를 놓고 메시와 경쟁하던 두 명 중 한 명이 같은 팀에 있는데 뭐가 걱정이냐는 이야기였다.

"내가 메시도 상대해 보고 민혁이도 상대해 봤는데 민혁이가 더 까다롭더라. 메시는 공중볼 별로 신경 안 써도 되는데 쟨 공중볼도 나쁘지 않거든. 지금쯤 아르헨티나 선수들도 머리 싸매고 앓고 있을걸."

"마라도나랑 술판 벌이고 있을 가능성이 더 높을걸요."

"어, 그거 좀 가능성 있다."

"아르헨티나 지금 경기 중 아니에요?"

"그랬나?"

박지석은 시계를 보고는 고개를 끄덕였다. 아르헨티나 경기가 한국보다 2시간 30분 늦게 시작했으니, 지금쯤 후반전이 한참 진행되고 있을 무렵이었다.

"야, 올라가서 TV 좀 보자. 어떻게 되나 확인은 해야지."

"기훈이 형이 세팅해 놨대요."

"걔 방이 어디였지?"

"1204호요."

그들은 일제히 일어나 1204호로 향했다. 과연 마라도나의 후예들은 어떻게 플레이를 하는지 확인해 보겠다는 생각을 하는 선수도 있었고, 메시의 플레이를 눈으로 확인해 반드시 막겠다는 선수도 있었다.

물론 개중엔 아무 생각도 없는 선수도 있었다.

"뭐 찾아?"

"TV 보려면 맥주도 있어야죠."

"……."

민혁은 박주혁의 반응에 고개를 저었다. 정말 아무 생각이 없구나 싶은 느낌이었다.

'그래, 그래도 긴장해서 벌벌 떠는 것보단 낫지.'

애써 상황을 납득한 민혁이 쓴웃음을 물 때, 문을 열고 들어간 박지석이 입을 열었다.

"경기 지금 몇 대 몇이야?"

5

2010 월드컵
–
예선 2차전

　—빈센트 엔예마 슈퍼세이브! 나이지리아 간신히 한숨을 돌립니다!

　나이지리아는 아르헨티나의 파상 공세를 힘겹게 막고 있었다. 전반 6분 가브리엘 에인세에게 헤딩골을 하나 내어 주긴 했지만, 정말 어쩔 수 없었던 그 골을 허용한 걸 제외하면 경이롭다고 할 정도로 놀라운 수비력을 선보이고 있었던 것이다.

　물론 그 수비는 골키퍼 빈센트 엔예마가 90% 이상의 지분을 차지하고 있었다. 정말 동물적인 감각이라고밖에 할 수 없을 반사 신경이었다.

"메시 별로 못하는데요?"

"그럼?"

"베론이랑 디 마리아가 다 해먹어요."

먼저 TV를 보고 있던 이승열은 신기하단 표정으로 입을 열었다. 메시의 팀이라는 이야기를 듣던 아르헨티나가 디 마리아와 세바스티안 베론에 의해 굴러가고 있음에 놀란 것 같았다.

"야, 다들 들었지? 메시 걱정할 거 하나 없어."

박지석은 그렇게 말하곤 소파에 앉았다. 메시가 생각보다 못한다는 말을 듣자 안심이 된 모양이었다.

하지만 그의 표정은 이내 심각하게 변했다. 아르헨티나가 못하는 게 아니라 나이지리아가 잘 막고 있다는 게 보였기 때문이었다.

"저 골키퍼 누구야?"

"아포엘에서 뛰는 골키퍼예요."

"알아?"

"우리 팀에서 영입하려고 한 적 있었거든요."

민혁은 예전에 잠깐 들었던 내용을 떠올렸다. 아직도 아스날에 붙어 있는 마누엘 알무니아의 대체자로 거론이 되었었지만, 세컨드 키퍼로 남고 싶지 않다며 제안을 거절했던 키퍼라는 기억이 있었다.

"아스날에서 노렸던 키퍼면 월클 아니야?"

"세컨드 키퍼로 노렸던 거라서 그 정도까진 아닐 거예요."

민혁은 오징어를 잘근잘근 씹으며 말했다.

경기는 결국 1 대 0으로 끝을 맺었다. 조금만 운이 좋았더라면 나이지리아가 승점을 따냈을 수도 있었던 경기였다.

"나이지리아도 쉽지 않겠네."

"월드컵 진출한 팀 중에서 쉬운 팀이 어디 있어요?"

"2002 중국."

"아⋯⋯."

민혁은 반박할 말을 찾지 못했다. 2002년에 어부지리로 본선에 올라간 중국이라면 그런 말을 들을 법했다.

"아무튼 어떻게 하면 될지는 대충 알겠네. 메시가 패스 못하게 막으면 되는 거잖아."

"뭐⋯ 그거야 감독님이 알아서 하시겠죠. 수비 전술 하나만큼은 확실하게 짜는 분이니까요."

"공격은 너랑 나한테 다 떠넘기는 게 문제지만."

박지석은 무릎을 매만지며 투덜거렸다. 슬슬 무릎에 무리가 오는 모양이었다.

"무릎 아파요?"

"아픈 건 아니고, 좀 신경 쓰여서."

"그러게 나이도 있는데 쉬엄쉬엄하지⋯⋯."

"너랑 얼마 차이도 안 나거든?"

"나이 든 사람들은 다 그러더라고요."

"뭐 인마?"

그의 반응을 보고, 민혁은 피식 웃고는 입을 열었다.

"다음 경기엔 무리하지 말고 저만 믿어요."

*   *   *

2010년 6월 17일, 오후 1시 30분.

대한민국 대 아르헨티나의 경기는 요하네스버그에 있는 사커 시티에서 열렸다. 무려 82,000여 명의 관객이 들어찬 경기였는데, 대부분이 아르헨티나를 응원하는 팬들이었다. 아무래도 월드 스타의 비중이 훨씬 더 높기 때문인 것 같았다.

한국의 응원단은 한쪽 구석에 3,000여 명 정도가 모여 있었다. 그나마도 천여 명은 남아프리카공화국에 사는 현지 교민이었다. 지구를 반 바퀴나 돌아와야 하는 거리니 이해하지 못할 바는 아니었으나, 그래도 응원단 숫자가 이렇게까지 차이가 나면 부담이 될 수밖에 없었다.

민혁은 짧게 숨을 내쉬곤 고개를 돌렸다. 그러자 마라도나와 함께 이야기를 나누고 있는 아르헨티나 선수들이 보였고, 복도 구석에 혼자 떨어져서 공을 툭툭 차고 있는 메시도 보였다.

그때, 민혁을 발견한 마라도나가 그를 향해 주먹 감자를 먹였다. 민혁으로서는 당황할 수밖에 없는 제스처였다.

"뭐야?"

"왜?"

"저기요."

박지석은 민혁이 가리킨 방향을 보고는 웃으며 말했다.

"너 견제하는 거 아냐?"

"글쎄요……."

당황하고 있던 민혁은 박지석의 말을 듣곤 평정을 찾았다. 하지만 그렇게 생각하려 해도 기분이 좋지는 않았는데, 아마도 상대가 마라도나이기 때문인 것 같았다.

모든 축구인들의 우상이나 다름없는 마라도나에게 욕을 얻어먹고 기분이 좋으면 그게 더 이상하지 않을까.

"어차피 마라도나 한국 별로 안 좋아해. 허 감독님한테 태권 킥 당한 걸 가지고 아직도 TV에서 열변을 토하니까."

"2002 월드컵에선 일본 대신 한국을 밀었잖아요."

"그거야 펠레가 일본을 밀어줘서 한국을 민 거지. 마라도나는 한국보다 펠레를 훨씬 더 싫어하거든."

민혁은 그 말을 듣고는 쓴웃음을 물었다. 그러고 보니 그런 이야기가 있기는 했었다.

그런 대화가 이어지던 도중, 경기장으로 입장하라는 사인이 들어왔다.

복도에 있던 양 팀 선수들은 긴장한 얼굴로 그라운드에 들어섰다. 관중들이 주는 압박감에 눌린 선수가 절반이었고, 상대 팀이 주는 압박에 눌린 선수가 나머지의 절반이었다. 민혁이 회귀하기 전이었다면 아르헨티나 선수들은 그런 부담을 느끼지 않았겠지만, 2002 월드컵 4강에 2006 월드컵 8강, 그리고 발롱도르 2위에 빛나는 민혁이 있는 대한민국은 아르헨티나도 무시 못 할 강팀이었다.

경기장 안으로 들어온 선수들이 자리를 잡자, 주심은 박지석과 마스체라노를 불렀다.

이번 경기의 주심은 프랑크 더 블레이케러. 지난 챔피언스 리그 4강 2차전을 담당했던 심판이었다.

동전 던지기로 선공을 정한 주심은 그 둘을 자리로 돌려보냈다. 첫 공격권은 아르헨티나였다.

—대한민국 대 아르헨티나의 조별리그 2차전이 이제 막 시작되려 하고 있습니다. 이번 경기도 상당히 치열하겠죠?

—아무래도 지난 그리스전보다는 훨씬 더 힘든 경기가 될 겁니다. 작년 발롱도르 수상자인 리오넬 메시도 있고, 레알에서 활동 중인 이과인 선수나 맨체스터 시티의 테베즈 선수 모두 무시무시한 공격력을 자랑하고 있거든요.

—그렇죠. 세 선수 모두 득점왕에 올랐거나 득점왕 경쟁에서 빠지지 않는 선수들이니까요.

—맞습니다. 아주 강한 선수들이죠. 그나마 수비진이 좀 부실하다는 느낌이 없지는 않지만, 그 앞을 세계 최고의 수비형 미드필더인 마스체라노 선수가 막고 있지 않습니까? 우리 대한민국 선수들로서는 상당한 압박으로 느껴질 거예요.

중계진의 전망은 밝지 않았다. 대한민국이 고전을 할 거라는 이야기였다.

하기야 대부분의 배팅 업체에서도 아르헨티나의 승리를 예상하고 있었다. 유럽에서 뛰는 선수가 고작 여섯 명뿐인 한국이 빅리거로 도배된 아르헨티나를 상대로 힘을 쓰지는 못할 거라는 예상을 하고 있는 것 같았다.

—프랑크 더 블레이케러 주심, 휘슬로 경기 시작을 알립니다.

아르헨티나는 메시와 마스체라노에게 패스를 집중시켰다.

마스체라노는 후방 빌드업을 맡고, 메시는 1.5선에서 전방에 있는 이과인과 테베즈에게 공을 밀어주는 형태의 전술을 택한 것 같았다.

4—1—2—1—2를 택한 아르헨티나는 측면을 거의 쓰지 않았다. 앙헬 디 마리아와 세바스티안 베론이 간간이 측면으로 이동하는 장면은 있었으나, 워낙에 활동량이 적은 메시와 베론이 스쿼드에 있기 때문인지 측면을 집중적으로 파고드는 움직임은 보이지 않았다.

—대한민국의 이정용 선수, 아르헨티나의 측면을 파고듭니다!

대한민국의 2선 자원들은 아르헨티나의 측면을 노렸다. 활동량이 적은 선수들이 출전했다는 약점을 파고들기 위해서였다.

아르헨티나는 당황을 금치 못했다. 지나치게 공격적인 스쿼드를 들고 나온 그들이라 수비적인 측면에선 약점을 보였고, 거기에 측면을 사실상 방치하고 있다는 전술적인 약점도 그들의 발목을 잡았다.

원래의 대한민국이었다면 아르헨티나의 공격을 막는 데 급급해 그들의 약점을 파고들지 못했겠지만, 민혁과 이정용이라는 수준급 드리블러가 갖춰진 대한민국은 뻥 뚫린 아르헨티나의 측면을 마구 유린하며 서서히 승기를 잡아갔다.

─윤민혁 선수 베론을 뚫고 질주합니다! 센터백 마르틴 데미첼리스 전진하려다 주춤, 풀백 호나스 구티에레스 선수가 달라붙어 크로스를 막습니다!

─윤민혁 선수 침착해야 돼요. 무리하게 크로스를 날리는 것보다는…….

김동완 해설의 걱정은 기우로 끝났다.

민혁은 라 크로케타와 헛다리 드리블을 섞어 호나스 구티에레스와 마르틴 데미첼리스의 사이를 빠져나가 페널티박스 안으로 들어갔다. 골키퍼와 1 대 1이 되는 상황이었다.

"Oh Dios mio(신이시여 제발)!"

그런 상황이 만들어진 순간, 아르헨티나 관중으로 보이는 남자가 두 손을 모으고 눈을 감았다. 대한민국에게 절대 선제 골을 내어 줘서는 안 된다는 바람을 강렬히 드러내는 동작이었다.

민혁은 키퍼를 끌어당긴 후 그의 다리 사이로 공을 밀었다. 타이밍을 빼앗은 후 밀어 넣은 공이라 키퍼로서는 손도 쓸 수 없는 상황이었다.

하지만 골은 들어가지 않았다. 반박자 늦게 침투한 왈테르 사무엘이 태클로 공을 밀어낸 덕분이었다.

─아, 왈테르 사무엘의 커버… 윤민혁 선수의 슛이 사무엘 선수를 맞고 밖으로 나갑니다. 코너킥!

─사무엘 선수가 한 골을 막았네요. 챔피언스리그 4강전에서 윤민혁 선수를 맞상대해 본 경험이 하필 이 경기에서 효과를 발휘한 것 같습니다.

─저런 건 좀 늦게 효과를 발휘해도 되는데 말이죠.

마라도나는 터치라인 바로 앞까지 나와 마구 삿대질을 해대며 고함을 질렀다. 아마도 마르틴 데미첼리스를 향한 욕설 같았다.

데미첼리스는 아무 말도 못 하고 고개만 저었다. 마치 메시를 상대로 연습할 때와 같은 느낌이었다.

'저걸 어떻게 막냐…….'

그는 질렸다는 표정을 지으며 민혁을 보았다. 180㎝가 넘는 선수인데도 메시만큼 민첩하고 속도도 빨랐다. 거기에 드리블을 하면서도 속도가 거의 줄어들지 않는 타입이다 보니, 수비수로서는 정말 난감하기 그지없었다.

—대한민국의 박지석 선수, 공을 들고 코너로 갑니다.

—코너킥도 대한민국에겐 좋은 옵션이 될 수 있어요. 오늘 원톱으로 나온 박주혁 선수는 유럽에서도 손꼽히는 점프력을 가지고 있습니다. 러닝 점프는 호날두에 미치지 못해도 서전트점프는 호날두보다 훨씬 더 기록이 좋거든요. 헤딩골도 제법 기록하고 있고요.

—그렇습니다. 이번엔 박주혁 선수의 골을 기대해도 될 것 같아요.

—박지석 선수 도움닫기… 코너킥! 선수들 공을 향해 점프합니다!

공은 왈테르 사무엘의 머리를 맞고 데굴데굴 굴렀다. 공은 3선에 쳐져 있던 오범식이 잡아 중앙으로 돌렸고, 중앙선 부근까지 올라와 있던 주용형이 테베즈의 돌진을 보고는 다시 오범식에게 공을 돌려주었다.

오범식은 그대로 롱패스를 날렸다. 황소처럼 덤벼드는 테베즈에게 위기감을 느낀 모양이었다.

—엄기훈 선수 달립니다! 구티에레스와 경합… 공 따냈습니다. 이대로 전진, 전진……

—앙헬 디 마리아 커버 들어옵니다. 이대로 끌면 위험하죠.
빨리 패스를 돌려야 합니다.

　엄기훈은 공을 잡고 돌파를 시도하다 뒤쪽으로 공을 돌렸
다. 디 마리아와 구티에레스가 엄청난 수비력을 자랑하는 선
수들은 아니었으나, 돌파할 각도가 도저히 나오지 않았기 때
문이었다.

　공은 중원을 거쳐 앞으로 쏘아지듯 보내졌고, 민혁과 박지
석은 각각 페널티박스 왼쪽과 오른쪽을 노리고 달렸다. 어느
쪽으로 들어오더라도 골을 넣을 수 있다는 자신감이 담긴 모
습이었다.

　한 번 더 터치가 이어진 공은 박지석의 발 앞으로 굴러들었다.

　—박지석 선수! 페널티박스 앞에서 공 잡았습니다!

＊　　　　＊　　　　＊

　박지석은 무리하지 않고 공을 넘겼다. 슛을 기대하던 중계
진의 입에선 탄식이 나왔지만, 공을 받은 민혁은 박지석과 그
의 앞에 선 아르헨티나 수비들을 동시에 제치며 안으로 파고
들어 슛을 날림으로써 중계진의 아쉬움을 지워주었다.

　공은 마스체라노와 에인세를 연거푸 맞고 골대로 빨려 들
어갔다. 두 번이나 굴절이 일어난 탓에 골키퍼로서도 전혀 손

을 쓸 수 없었다.

―대한민국 선제골! 윤민혁 선수의 득점입니다!

―설마 자책골로 기록되진 않겠죠?

송영준 해설의 질문에, 김동완 해설은 안경을 살짝 들어 올려 다시 걸치곤 입을 열었다.

―한 번 튕긴 거라면야 굴절을 일으킨 선수의 자책골이 될 수도 있는데, 두 번이나 튕긴 거라서 윤민혁 선수의 골로 기록될 가능성이 큽니다. 예전에 조원상 선수도 비슷한 득점을 했었는데 조원상 선수의 골로 인정이 되었죠.

―아, 현지 중계진에서도 같은 이야기를 하고 있네요. 두 번 굴절되었기 때문에 윤민혁 선수의 득점으로 인정될 거라고 합니다.

―그럼 윤민혁 선수가 벌써 월드컵 득점이 다섯 골이네요. 지금 안정훈 선수와 동률이죠?

―그렇습니다. 안정훈 선수가 2002년에 두 골, 그리고 2006년에 세 골을 넣어서 다섯 골을 기록했죠. 이 경기 전까지 단독으로 대한민국 역대 월드컵 득점 1위였는데 따라잡혔어요. 아마 이번 대회 중에 윤민혁 선수가 그 기록을 깨지 않을까 싶네요.

중계진은 기록이 깨질 가능성을 높게 보았다. 아직 조별 예선도 한 경기 남은 데다, 16강 이상 올라갈 가능성이 높기 때문이었다.

선제골을 넣은 대한민국은 여유를 갖고 플레이를 이어나갔다. 아직 전반 초반이라 아르헨티나도 다급한 기색은 보이지 않았으나, 간간이 무리한 패스가 나오는 걸 보면 압박감이 아예 없지는 않은 것 같았다.

"민혁아! 저기!"

박지석은 중앙에서 선수들의 움직임을 조율했다. 지지리도 말을 듣지 않기로 유명한 박주혁을 제외하면 박지석의 지시에 따라 움직여 주었고, 그 박주혁도 수비 상황에서는 박지석의 이야기에 맞춰 커버를 하는 경우도 간간이 나왔다. 이번 경기에서 이겨야 16강 진출이 확실해지기 때문인 것 같았다.

─대한민국의 센터백 이정후 선수 공 차단합니다. 테베즈 압박! 백패스를 골키퍼가 받아 전방으로 넘깁니다. 윤민혁 선수가 공을 잡네요.

─윤민혁 선수가 상당히 아래까지 내려와 주고 있어요. 오범식 선수가 오버래핑을 너무 깊숙이 들어갔습니다. 이제 막 공격권을 빼앗은 상황인데 저렇게 높이 올라가면 안 되죠.

─윤민혁 선수 패스할 곳을 찾지 못하고 방황하고 있습니다. 박지석 선수는 마스체라노 선수에게 붙잡혀서 패스가 가기 힘들어요. 다른 선수들이 빨리 와서 도와줘야죠.

민혁은 입술을 깨문 채 공을 몰고 측면으로 빠졌다. 왠지 구석으로 몰리는 느낌이었지만 지금으로서는 달리 방법이 없었다.

―디 마리아 윤민혁 선수에게 달라붙습니다! 가브리엘 에인세 백업 시도! 위험합니다!

아르헨티나 수비진은 공간을 쉽게 내어 주지 않았다.

코너로 몰린 민혁은 공을 끌다 몸싸움에 밀렸다. 심판은 반칙을 선언하지 않았고, 공을 빼앗은 에인세는 중앙에 있는 메시를 바라보고 패스를 넣었다. 한 번에 이어지는 롱패스였다.

―아, 이정후 선수 헤딩으로 공 따냅니다! 대한민국의 재역습! 선수들 일제히 전방으로 침투합니다!

패스를 끊어낸 대한민국은 역습에 들어갔다. 볼 탈취 후 재탈취가 이루어진 상황이라 속공이 통할 가능성이 높았다.

―박지석 드리블 돌파! 왈테르 사무엘과 마르틴 데미첼리스가 막아섭니다! 측면으로 빠지는 패스! 박주혁 선수 공 잡아서 슛… 하지 않고 뒤로 뺍니다.

―공은 윤민혁 선수에게 이어집니다. 그대로 돌파하나요? 돌파… 돌파했습니다! 앞에는 수비수 두 명! 뚫을 수 있을까요!

―아, 구티에레스 제쳐집니다! 앞에는 데미첼리스와 골키퍼 로메로! 슛하느냐! 슛하느냐!

민혁은 데미첼리스를 앞에 두고 묘기를 부렸다. 헛다리를 짚어 데미첼리스의 시선을 바깥으로 유도한 후, 오른발 아웃 사이드로 컷 백 패스를 보낸 것이다.

패스는 침투한 김정운에게 이어졌다.

―김정운 선수 컷 백 패스 받습니다! 그대로 슛! 골~~~! 골입니다! 김정운 선수 대회 첫 번째 득점! 대한민국이 2 대 0으로 앞서갑니다!

선수들은 환호했다.

관중석을 채운 대한민국의 응원단은 일제히 일어나 박수를 보냈고, 아르헨티나를 응원하던 팬들은 믿을 수 없다는 표정으로 얼굴을 가렸다. 대한민국이 전반 30분 만에 두 골 차로 앞서가고 있음을 납득하지 못하는 것 같았다.

―아르헨티나 팬들 당황하고 있습니다. 메시가 있는 아르헨티나가 이렇게 무기력한 모습을 보이는 것도 참 오랜만이죠?

―그래도 메시 선수는 열심히 뛰고 있습니다. 이건 패스 루트를 잘 막은 이정후 선수의 공이 상당히 크죠. 거기서 헤딩으로 끊어주지 않았다면 아르헨티나에게 찬스가 났을 상황이거든요.

해설진의 말대로, 방금 전의 장면은 천운이 따른 느낌이었다. 에인세가 날린 패스가 끊기지 않았다면 아르헨티나에게 완벽한 찬스가 나왔을 상황이었다. 축구를 아는 사람이라면 이정후의 수비에 찬사를 보내는 게 당연하단 뜻이었다.

순식간에 2점을 내어 준 아르헨티나는 첫 실점을 했을 때와 달리 조급한 모습을 보였다. 전진패스의 비율이 횡패스를 압도하는 느낌이었다.

　—마스체라노 베론에게 패스합니다. 베론 지체하지 않고 전방을 향해 롱 스루, 곤살로 이과인 속도를 줄이지 않고 돌파합니다. 빨라요.

　—대한민국 수비들 침착해야 합니다. 지금 급한 건 우리가 아니라 아르헨티나거든요.

　—그렇습니다. 아르헨티나가 무리하게 전진패스를 하는 비율이 높아졌어요. 이럴 때 공을 끊어서 역습을 하면 곧바로 우리에게 기회가 오는 겁니다. 상대방이 실수를 하기를 기다리는 것도 좋은 선택이에요.

　—카를로스 테베즈 공을 받아 돌파하려다 포기하고 뒤로 돌립니다. 공을 받은 메시, 메시…….

　메시는 개인기로 돌파를 시도했다. 바르셀로나에서와는 달리 사비와 이니에스타의 서포트를 받지 못하는 상황이지만, 메시는 과연 메시라는 말이 나올 만큼 훌륭한 드리블 돌파였다.

　조용현과 오범식은 메시에게 달라붙었다. 그러자 메시는 민혁과 비슷한 동작으로 그들 사이를 스치듯 돌파한 후, 측면에 있는 이과인의 발밑으로 패스를 넣었다.

　—곤살로 이과인 프리! 대한민국 위기… 아, 먹힙니다. 전반 36분 이과인의 만회골. 아쉽습니다.

이과인은 텅 빈 공간에서 공을 받아 골을 넣었다. 그 자리에 있어야 할 풀백 오범식이 메시에게 지나치게 달라붙어 생겨난 사고였다.

"괜찮아, 아직 앞서고 있으니까 신경 쓰지 마!"

박지석은 손뼉을 쳐서 선수들의 주의를 끌며 소리 높였다. 자칫 잘못했다간 팀이 한 번에 와르르 무너질 수도 있음을 알기 때문이었다.

다행히 한국은 무너지지 않았다. 박지석과 민혁의 존재가 흔들리는 멘탈을 잡아준 덕분이었다.

이후 이어진 경기는 탐색전 양상으로 진행되었다. 한 골을 만회한 아르헨티나는 공격적으로 플레이를 진행하려 했으나, 골을 먹고 정신을 차린 대한민국의 수비진이 아르헨티나의 유인에 쉽사리 말려들지 않은 까닭이었다.

그로부터 얼마 후.

전반 종료를 알리는 휘슬이 울렸다.

*　　　*　　　*

하프타임을 보낸 양 팀은 상반되는 모습을 보였다. 마라도나는 전면적인 공격을 지시했고, 핌 베어벡은 선수비 후역습을 요구했기 때문이었다.

그러나 시간이 지나면 지날수록, 양 팀의 경기는 치열한 힘 싸움으로 변해가고 있었다. 간간이 나오는 대한민국의 역습을 아르헨티나가 끊어내 재역습에 돌입하고, 한국은 다시 그 공을 끊어내 다시 역습을 시도하는 그림이 그려지고 있어서였다.

—대한민국의 엄기훈 선수 공 잡습니다. 교체 투입된 아르헨티나의 부르디소 접근! 공 뺏깁니다! 아르헨티나 역습 시도! 수비진 빨리 돌아와야 합니다!

—박지석 선수 태클! 공 끊습니다. 다행입니다. 방금 진짜 위험한 순간이었거든요.

—아르헨티나도 어느새 수비 대형을 갖췄습니다. 경기 정말 치열하네요.

대한민국과 아르헨티나의 싸움이 절정에 달한 건 후반 15분이 되어가는 시점이었다.

"오~ 필승 코리아~ 오~ 필승 코리아~ 오~ 필승 코리아 ~ 오오 레오 레!"

작았던 응원가는 어느새 경기장을 메울 듯 커져 있었다. 중립에 가까웠던 팬들도 우승 후보 아르헨티나를 상대로 선전하는 대한민국 선수들에게 매력을 느꼈는지, 대한민국의 응원가를 부르는 사람들 중에는 한국인이 아닌 사람들도 적잖이 보였다.

"기훈아! 이쪽!"

공격형미드필더로 출전한 박지석은 공수 양쪽 면에서 최고의 활약을 보였다. 지난 2008−09 챔피언스리그 결승전에서 메시에게 탈탈 털렸던 기억을 깔끔히 씻어낼 만한 경기력이었다.

그는 엄기훈에게 받은 공을 반대편에 있는 민혁에게 보냈다. 아르헨티나의 수비진도 민혁에게 공이 올 거라는 예상은 하고 있었지만 끊지는 못했다. 민혁과 박지석의 패스플레이가 워낙에 합이 잘 맞았기 때문이었다.

공을 받아 들어간 민혁은 전방의 박주혁을 노리고 크로스를 올렸고, 박주혁은 골문을 노린 헤딩을 시도했다.

하지만 타점이 좋지 않았는지 골대를 훌쩍 넘어가 버렸다. 수비수도 없던 상황이라 아쉬움이 컸다.

─아르헨티나, 카를로스 테베즈를 빼고 세르히오 아게로를 투입합니다. 다소 늦은 교체네요.

─아게로 선수는 마라도나 감독의 사위죠. 아르헨티나 현지에서는 신의 사위라고 불리는 선수인데요. 현재 아틀레티코 마드리드 소속으로 주가를 한창 높여가는 선수죠. 조심해야 합니다.

중계진의 경계심은 교체 후 7분 만에 증명되었다.

테베즈를 대신해 투입된 아게로는 메시와의 원투 패스로 대한민국의 왼쪽 측면을 허물었고, 이어 침투한 이과인에게 패스를 넣어 어시스트를 기록했다. 2 대 2 동점이 되는 순간이었다.

중계진은 침울한 표정으로 입을 열었다.

―아, 이런 상황을 조심해야 한다고 말씀드렸었는데요. 결국 골을 허용합니다.

―대한민국 선수들 흔들리면 안 돼요. 동점까진 어쩔 수 없더라도 역전은 절대 허용해선 안 됩니다.

―아르헨티나가 기세가 많이 올랐는데 괜찮을지 모르겠습니다. 우리 선수들 힘을 좀 내줘야 할 텐데요.

아르헨티나의 두 번째 득점은 선수들의 기세를 꺾어버렸고, 그걸 느낀 베어벡은 박주혁을 빼고 이동욱을 투입해 분위기 반전을 노렸다. 아무래도 정신적으로 강한 선수를 투입하는 게 분위기 전환에 좋을 것 같다는 판단이었다.

교체는 생각대로 효과를 발휘했다. 월드컵 비운의 선수로 꼽히는 그가 들어오자, 어떻게든 그에게 골을 넣게 해줘야겠다는 생각이 선수들의 머릿속에 스며든 덕분이었다.

하지만 득점자는 다른 선수였다.

―박지석 득점! 윤민혁 선수가 흘려준 공을 박지석 선수가 잡아 마무리합니다! 대한민국, 동점 상황에서 다시 한발 앞서 나가기 시작합니다!

후반 87분. 박지석은 이동욱이 수비수를 끌어내 만든 공간으로 침투해 골을 넣었다.

마라도나는 목덜미 뒤쪽을 잡고는 휘청이다 쓰러져 버렸다.

태권 축구의 기억이 남아 있는 대한민국에게 질 것 같다는 생각에 혈압이 급격히 치솟은 탓이었다.

─엇! 아르헨티나의 디에고 마라도나 감독 쓰러집니다! 의료진 긴급히 달려가 상태를 확인… 아, 다행입니다. 멀쩡히 일어나네요.

─얼굴은 많이 붉어졌습니다. 좀 쉬어야겠어요.

─대한민국이 한 골을 더 넣어서 조기퇴근을 시켜주면 좋겠네요. 우리 선수들 좀 더 힘냈으면 합니다.

목덜미를 주무르며 일어난 마라도나는 선수들에게 고함을 지르며 손을 휘저었다. 한눈에 봐도 흥분했음이 보이는 모습이었다.

기겁했던 아르헨티나 선수들은 멀쩡한 마라도나의 모습에 안도하며 플레이에 집중했다. 감독이 쓰러지는 걸 봐서인지 어떻게든 골을 넣어야겠다는 열망을 느낀 것 같았다.

반격에 나선 아르헨티나는 메시에게 공을 밀어주었다. 메시의 개인기에 의존할 심산이었다.

집중적으로 메시에게 공을 돌린 효과는 곧 드러났다. 공을 이어받은 메시가 개인 돌파에 이은 완벽한 슛 찬스를 만들어 낸 것이다.

하지만 결과는 좋지 않았다.

─메시, 메시……. 위험합니다! 슛! 넘어갑니다! 다행입니다.

리오넬 메시의 슛, 골대를 훌쩍 넘어가네요.

─정말 위험한 상황이었습니다. 우리 수비들 시간 다 되어 간다고 정신 줄을 놓으면 안 되죠. 집중해야 합니다.

메시는 골키퍼와의 1 대 1 상황에서 허공으로 공을 날렸다. 그로서는 좀처럼 보이지 않는 실책이었다. 아마도 심리적 압박감을 느끼고 있었던 모양이었다.

진행 요원이 밖으로 나간 공을 찾아 그라운드 안으로 들여보낸 순간.

시계를 보던 심판이 종료를 알리는 휘슬을 불었다.

6

2010 월드컵
–
16강

　아르헨티나와의 경기를 승리로 장식한 대표 팀은 다음 경기의 승리로 B조 1위를 확정하고 16강에 올랐다. 이번엔 야쿠부의 자비 없이 이뤄낸 성과였다.

　〈대한민국, 나이지리아전 4 대 1 승리. 조별리그 1위로 16강 진출!〉

　[핌 베어벡 감독이 이끄는 대한민국 대표 팀이 조별리그 1위로 16강에 진출했다. 2002년과 2006년에 이은 세 번째 16강 진출이다.

어제 오후 8시 30분 열린 나이지리아전에서, 전반 시작과 함께 총공세를 펼친 대한민국은 전반 8분 터진 윤민혁 선수의 선제 골을 시작으로 포문을 열었다.

그 직후 나이지리아의 칼루 우체의 침투로 한 골을 얻어맞은 대한민국은 한때 위기에 처하는 듯 보였지만, 전반 22분 엄기훈 선수의 프리킥 득점과 전반 43분 터진 윤민혁 선수의 헤딩골, 그리고 후반 15분에 터진 윤민혁 선수의 페널티킥 득점까지 포함해 4 대 1 대승을 거둘 수 있었다.

1차전인 그리스전에서 3 대 0. 2차전인 아르헨티나 전에서 3 대 2로 승리를 거머쥔 대한민국은 조별 예선 마지막 경기인 나이지리아와의 경기의 승리로 승점 9점을 확보, 2승 1패로 승점 6점에 그친 아르헨티나를 제치고 조별리그 1위로 16강에 올랐다.

16강에 오른 대한민국의 다음 상대는 하비에르 아기레 감독이 이끄는 멕시코 국가대표팀으로…….]

스마트폰으로 기사를 읽던 민혁은 입을 삐죽이며 문자를 날렸다. 사진이 마음에 들지 않아서였다.

[사진 좀 좋은 걸로 써주지 그랬어요.]

문자의 답장은 한참 뒤에 돌아왔다.

[방송국한테 따져요.]

[……]

[왜요?]

민혁은 쓴웃음을 지으며 핸드폰을 껐다. 조별리그라지만 해트트릭까지 기록했는데 비중이 너무 적은 거 아닌가 싶기도 했지만, 그걸 물어봐야 좋은 소리는 나오지 않을 것 같았다.

"누구한테 전화한 거야?"

"문자예요."

"아무튼."

민혁은 질문을 한 이동욱을 보며 어깨를 으쓱했다. 그러자 그는 한층 더 집요하게 캐묻기 시작했고, 민혁은 한숨을 내쉰 후 입을 열었다.

"아는 기자요."

"기자?"

"사진이 마음에 안 들어서요."

"기자들은 원래 그래."

이동욱은 그렇게 말하며 민혁을 지나쳐 정수기로 향했다. 남반구인 이곳은 겨울이었지만, 가벼운 체력 훈련을 했기 때문인지 몸에서 열이 나는 느낌이었다.

그의 뒤에서 나타난 박지석은 손가락으로 뭔가를 꼽아보다 민혁을 보며 입을 열었다.

"민혁이 너 지금 다섯 골 넣었지?"

"네."

"득점왕 하는 거 아냐?"

"…글쎄요."

축구화 끈을 고쳐 맨 민혁은 박지석의 질문에 어깨를 으쓱했다. 득점왕에 대한 열망이 없지는 않지만, 이번 상대인 멕시코가 그리 쉬운 상대는 아니기 때문이었다.

"1998년 이후로는 호나우두 빼면 6골 넘는 선수 없었잖아. 한 골만 더 넣으면 확정 같은데?"

"아직 모른다니까요. 그리고 득점왕이 뭐가 중요해요. 우승이 중요하지."

"배부른 소리 하네."

이동욱은 정수기 옆 의자에 앉아 투덜거렸다. 월드컵 잔혹사를 겪은 그로서는 투덜거릴 만했다.

"한국에서 득점왕 나오면 좋지 뭐. 우리도 우승 버스 한번 타보자 야."

민혁은 어이없다는 표정으로 그들을 보았다. 아무리 그래도 월드컵 우승이 그렇게 쉽게 말할 존재는 아니지 않은가.

"멕시코 그렇게 쉬운 팀 아니거든요. 거기 치차리토도 있잖아요."

"괜찮아. 걔 나보다 못해."

"아직 맨유 입단 안 하지 않았어요? 그럼 실력 아직 모르실 텐데……."

"같이 뛰어본 적은 없지만 들은 건 있으니까."

"응? 멕시코에 맨유 선수 있어?"

이동욱은 금시초문이라는 표정으로 입을 열었고, 박지석은 대수롭지 않은 일이란 제스처를 보이며 질문에 답했다.

"계약상으로는 7월 1일 입단인데 사인은 이미 했대. 우리 팀 스카우터가 3순위 공격수라고 했으니까 긴장 안 해도 돼."

"그거야 그렇겠죠."

민혁은 웃으며 답했다. 웨인 루니와 베르바토프가 있으니 치차리토가 3순위로 밀리는 건 당연하다는 판단이 들었던 것이다.

하지만 그건 웨인 루니와 베르바토프가 대단해서지, 치차리토가 못해서는 아닐 터였다.

"그래도 그렇게 쉬운 상대는 아닐 텐데……."

"야, 발롱도르 2위까지 먹은 놈이 뭐 그렇게 걱정이 많아?"

"방심하지 말자는 거죠. 무섭다는 건 아니에요."

박지석은 태연한 표정으로 입을 열었다.

"멕시코는 월드컵 16강 단골이지 8강 단골 아니잖아. 우리가 이길 수 있어."

"멕시코도 8강에 두 번 올랐거든요?"

"걔네 4강은 없잖아."

박지석은 무한 긍정 모드로 들어섰다. 하기야 몇 년째 16강에 머무르고 있는 멕시코니 그들의 부담감도 상당할 터였다. 시간을 끌면 끌수록 조급해지는 건 대한민국보다는 멕시코일 테니 말이다.

그 점을 캐치한 민혁이 고개를 끄덕이고 있을 때, 고개를 돌린 박지석이 입을 열었다.

"민혁아."

"네?"

"너만 믿는다."

"……"

*   *   *

2010년 6월 27일, 오후 8시 30분.

대한민국 국가대표팀은 남아프리카공화국 요하네스버그의 사커 시티에 들어섰다. 조별 예선에서 그리스와 경기를 가졌던 경기장이었다.

북중미의 강호 멕시코 선수들은 의외로 잔뜩 긴장한 모습을 보였다. 대한민국이 이제야 신흥 강호로 불리는 팀이라는 걸 생각하면 의외라고 여겨질 일이었으나, 민혁과 박지석이라는 두 선수의 존재감을 생각하면 납득이 되지 않는 것도 아니었다.

"쟤들 겁먹었네."

"…한국말 아는 선수 없겠죠?"

민혁의 뒤에 선 기성룡은 오랜만에 대표 팀 선발로 나온 이동욱의 말을 듣고는 조심스레 말했다. 발끈한 멕시코 선수들이 이를 악물고 뛰면 어쩌나 하는 표정이었다.

"알면 어쩔 거야."

이동욱은 태연히 대답하곤 경기장을 보았다. 이번엔 반드시 골을 넣어서 월드컵 잔혹사를 끝내겠다는 다짐을 하는 것 같았다.

잠시 후, 심판의 사인과 함께 양 팀 선수들이 필드에 들어섰다.

박지석과 라파엘 마르케스는 동전의 앞뒷면을 선택하고 심판을 보았다. 주심인 로베르토 로세티는 동전을 튕겨 받아낸 후 앞으로 내밀었다. 박지석이 선택한 뒷면이었다. 대한민국의 선공이 결정되는 순간이었다.

이번 경기도 중계를 하게 된 송영준 캐스터와 김동완 해설은 지친 얼굴로 카메라를 바라보았다. 1위로 16강 진출이 확정되자 회식을 빙자한 술판에 끌려가 시달린 탓에 속병이 났기 때문이었다.

─전국에 계신 시청자… 님들 안녕하십니까. 2010 남아공 월드컵 중계를 맡은 캐스터 송영준입니다.

―해설 김동완입니다.

그들은 하얗게 뜬 얼굴로 서로를 보며 측은한 표정을 띄웠다. 그들의 발치엔 빈 병이 몇 개 굴러다녔다. 모두 숙취 해소용 음료로 이름이 높은 음료수병이었다.

PD는 카메라맨에게 손짓으로 신호를 보냈다. 평소보다 카메라를 조금 더 올리라는 의미의 제스처였다.

이유를 깨달은 카메라맨이 각도를 올리자, 재촉으로 이해한 송영준 캐스터는 보일락 말락 하게 한숨을 내쉬곤 입을 열었다.

―오늘은 대한민국 대 멕시코, 멕시코 대 대한민국의 경기가 열리는 6월 27일입니다. 이번 경기도 관중이 아주 많네요.

―아무래도 16강 경기니까요. 대한민국이나 멕시코는 그렇게 관심을 끌 수 있는 팀, 그러니까 흥행이 보장되는 팀들은 아닌데요, 그럼에도 이렇게 관중이 많다는 건 월드컵…….

―김동완 해설님?

―아, 죄송합니다. 지금 컨디션이 좀 좋지 않아서 말이 끊어졌네요.

김동완 해설은 중계실 바깥에 있는 PD를 노려보았다. 이틀 전 억지로 먹은 맥주의 원한이 서려 있는 눈이었다.

―아무튼 이렇게 관중이 많다는 거는요, 축구 자체에 관심이 많은 사람들이 몰려왔다는 이야기예요. 사실 이건 좀 부끄

러운 이야기인데, 2002 월드컵 당시 대한민국이 출전하는 경기는 암표가 나돌 정도로 꽉꽉 들어찼는데요, 그렇지 않은 경기는 표가 남아돌다 못해 경기장이 절반도 채워지지 않은 곳이 많았습니다. 현지인들, 그러니까 우리 한국 사람들이 표를 사지 않았다는 이야기죠.

—강매를 할 수는 없으니까요.

—그렇습니다. 물론 표를 사라고 강요를 할 수는 없겠습니다만, 그래도 그 일로 FIFA가 한국을 언짢게 봐서 국제 대회 개최가 어려워졌다는 이야기도 있습니다. 사실 월드컵도 돈이 걸린 문제거든요. 축구 자체에 관심이 많은 사람들이 많아져야 차후 월드컵 개최라던가 하는 부분에서 유리해질 수 있을 겁니다.

—네, 말씀 잘 들었습니다. 그럼 그 이야기는 이쯤하고 이번 경기에 대해서……. '

송영준 캐스터는 얼굴을 붉히고 있는 PD의 눈치를 살폈다. 어째 김동완 해설도 오늘 이후 보지 못할 것 같은 느낌이었다.

—이번 경기에 대해 이야기를 하자면, 작고 빠른 선수들로 구성된 멕시코의 개인 기술을 우리 선수들이 어떻게 막아내느냐가 관건이겠죠. 멕시코 선수들이 체격은 작지만 속도가 빠르고 기술도 좋거든요. 위치는 북중미지만 남미 축구를 하

는 팀이라고 보시면 됩니다.

—사실 대한민국이 남미에 그리 약하진 않죠. 94년엔 호나우두가 있던 브라질도 이기고 그러지 않았습니까? 친선전이긴 했지만요.

—네, 그런 일도 있었죠. 아마 브라질이 아시아 팀에게 거둔 유일한 패배일 겁니다.

—지난 조별리그에서도 아르헨티나를 이겼고요.

—그러고 보면 대한민국 선수들 참 대단합니다. 호나우두와 메시는 각각 그 시대를 대표하던 선수들 아닙니까? 브라질과 아르헨티나도 당대의 최강팀이고요. 그런데 그런 팀을 상대로 승리를 따냈다는 거, 이거 정말 대단한 거예요.

—네, 그런 선수들이니만큼 이번 경기도 이길 수 있을 것 같습니다.

—그랬으면 좋겠습니다. 반드시 이겨서… 아, 로베르토 로세티 휘슬 불었습니다. 경기 시작됩니다.

선공에 나선 대한민국은 좌우를 넓게 벌려 멕시코를 공략했다. 포메이션으로는 4—3—3이지만, 중앙에 집중하고 윙을 거의 비워놓은 멕시코를 상대로 측면에서의 속도 경쟁에 나서겠단 생각이었다.

그렇게 진행되던 경기의 흐름은 전반 10분을 넘어가면서부터 묘한 양상으로 바뀌어갔다. 대한민국의 공중볼 비중이 점점 높아지고 있었던 것이다.

송영준 캐스터는 그 점을 지적했다.

—대한민국 선수들의 크로스 비중이 높아지고 있습니다. 크로스를 너무 많이 올리는 느낌이에요.

—멕시코는 프란시스코 로드리게스 선수와 라파엘 마르케스 선수를 제외하면 키가 다 작죠. 프란시스코 로드리게스 선수는 191㎝로 양 팀 필드플레이어 중 최장신이지만 그다음인 라파엘 마르케스 선수는 182㎝고, 그다음으로 키가 큰 선수가 에프라인 후아레스 선수인데 176㎝예요. 180㎝대가 즐비한 대한민국 선수들이 공중볼 싸움에선 유리할 수밖에 없다는 뜻입니다.

—월드컵 본선 역사상 처음으로 한국 선수들이 피지컬 우위로 게임을 풀어나가는 경기가 되겠네요. 그런데 김동완 해설님.

—네.

—이런 식으로 플레이를 하는 건 좋은데, 끊겼을 때 위험하지 않을까요?

—가능성 있는 지적입니다. 고공 플레이에 집중하다 보면 상대의 역습에 취약해질 가능성도 있어요. 롱패스와 크로스 위주의 플레이다 보니 선수들 사이의 간격이 넓어지고, 그렇게 되면 숏패스와 속도를 살린 역습에 치명타를 입게 될 가

능성도 있죠.

그들의 이야기는 3분 만에 현실로 벌어졌다. 풀백 차두희가 올린 공을 프란시스코 로드리게스가 헤딩으로 따내자, 공을 이어받은 카를로스 살시도가 빠른 발을 살려 전방으로 침투한 것이다.

─살시도 빠릅니다. 멕시코 선수들 일제히 전방으로 돌진, 빨리 끊어내야 합니다.

─윤민혁 선수 살시도에게 달라붙습니다. 살시도 중앙으로 패스, 과르다도가 도스 산토스에게……. 산토스, 산토스 중앙으로 돌파! 이정후 선수를 제쳐집니다! 대한민국 위기!

도스 산토스는 이정후를 제치자마자 반대쪽 측면으로 공을 밀었다.

골키퍼 정성용은 엉거주춤한 자세로 고개만 돌렸다. 앞으로 나갈까 말까 망설이던 타이밍에 예상치 못했던 패스가 나와 당황한 탓이었다.

그의 눈이 공의 흐름을 포착한 순간.

작달막한 선수가 나타나 왼발로 공을 때렸다.

*　　　*　　　*

대한민국의 골망이 출렁거렸다. 치차리토의 득점이었다.

―정성용 골키퍼 쉬운 공을 놓칩니다. 명백한 실책! 베어벡 감독 머리를 감싸 줍니다.

―아, 저걸 저렇게 놓치면 안 되죠. 이번 슛은 반드시 막았어야 했던 슛이었……

흥분해 데스크를 치려던 김동완 해설은 추켜올린 손으로 다급히 입을 막았다. 이틀 전 과음으로 약해진 위장이 세차게 요동하는 바람에 헛구역질이 나오고 있었던 것이다.

―김동완 해설님?

김동완 해설은 다급히 카메라를 향해 손짓을 보냈다. 그러자 곧바로 경기로 화면이 전환되었다. 조금만 늦었더라면 방송 사고가 일어났을 상황이었다.

다행히 그라운드에서 벌어진 상황도 중계진을 도와주었다.

"우우우우!"

경기장을 채운 대한민국의 팬들은 빈 물병과 쓰레기를 마구 던졌다. 어떻게 축구선수라는 놈이 저런 걸 못 막을 수가 있느냐는 항의가 담긴 동작이었다.

경기장에 배치된 안전 요원들이 라인으로 달려가 두 손을 마구 휘저으며 투척을 막고는 그라운드에 들어온 물건들을 치워냈지만, 이미 분위기는 나빠질 대로 나빠져 있었다.

"하……."

"괜찮아, 그냥 운이 좀 없었어."

민혁은 허리에 손을 올린 채 한숨을 쉬는 정성용의 어깨를 토닥여 준 후 공을 들고 중앙으로 향했다. 한 골을 먹은 이상 자신을 비롯한 공격진에게 부담이 실릴 수밖에 없는 상황이 됐지만, 선수라면 이 정도 부담감은 금방 지워낼 수 있어야 했다.

민혁은 공을 들고 돌아가다, 옆에서 걷는 박지석을 보며 입을 열었다.

"지석이 형, 무릎 괜찮아요?"

"괜찮아. 왜?"

"형 돌파 좀 시키려고요."

"…살살 하자."

박지석은 쓴웃음을 물었다. 가끔씩 시큰거려서 수술을 고려하고 있는 처지라 민혁의 말에 선뜻 그러자고 할 수가 없었다.

민혁은 어깨를 으쓱하곤 주심에게 공을 건넸다.

─경기 재개됩니다. 골을 허용하고 만 대한민국 선수단, 남은 시간 힘을 좀 내줬으면 좋겠습니다.

─괜찮습니다. 아직 시간 많아요. 전반만 해도 30분이 남아 있고, 후반까지 하면 75분가량이 남아 있는 지금입니다. 선수들이 힘을 내서 조금만 더 열심히 뛰어주면 충분히 만회가 가능해요. 무엇보다 대한민국엔 프리미어리그 어시 왕인 윤민혁

선수가 있지 않습니까? 그러니 멕시코가 조금의 틈만 보이면 충분히 만회골과 역전골을 넣을 수 있을 거예요.

―유럽 어시 왕은 사비 에르난데스 선수던가요?

―그렇습니다. 지난 시즌 전 세계 1부 리그에서 가장 많은 어시스트를 기록한 선수가 사비니까요. 하지만 다들 아시다시피 사비 에르난데스는 득점이 좀 적습니다.

―그러고 보니 윤민혁 선수가 유럽 어시 왕에 오른 적은 없군요?

―하지만 그건 공식적인 타이틀이 아니죠. 1부 리그라고 해도 수준이 다 다르니까요. 사비 에르난데스가 윤민혁 선수보다 모든 대회 어시스트가 2개 더 많지만 컵대회에서 기록한 어시스트가 상당하고요… 리그와 챔피언스리그만 따지면 윤민혁 선수가 오히려 2개 더 많습니다.

송영준 캐스터는 고개를 끄덕였다. 하기야 라트비아에서 한 시즌에 47골을 넣은 선수도 있지만 주요 리그가 아니라는 이유로 묻혀 버리지 않았었는가.

그가 고개를 끄덕이고 있을 때, 말을 하다 보니 컨디션이 좋아진 김동완 해설이 숨을 길게 내쉰 후 말을 이었다.

―패스 이야기를 하면 빠질 수 없는 선수가 한 명 있죠. 지난 시즌에 바르셀로나로 이적한 세스크 파브레가스 선수인데요. 사실 이 선수가 세계 최고의 패서로 꼽히지 않습니까? 그

런데 바르셀로나 이적 후로는 플레이가 많이 죽어버렸어요. 리그 전반기, 그러니까 아스날에 있던 반 시즌 동안 11개의 어시스트를 기록했는데, 바르셀로나로 이적한 이후엔 어시스트가 5개밖에 없거든요.

―대신 골은 좀 늘지 않았나요?

―그건 그렇습니다. 메시와의 호흡이 좋아서 그런지 무려 8골을 넣었죠. 하지만 시간이 지날수록 점점 팀에서 겉도는 느낌이 강해지고 있습니다. 역시 파브레가스는 아스날에 있어야 해요.

―하지만 나갈 때 별로 좋게 나가지 않았다는 이야기가 있으니 돌아가긴 힘들겠죠.

―아마 그럴 겁니다. 아쉬운 일이죠. 윤민혁 선수와 파브레가스 선수의 조합이 지나치게 공격적인 면은 있지만 두 선수가 일으키는 시너지효과가 굉장히 좋았거든요. 강팀을 상대로는 구현하기 어려운 조합이지만 이길 팀은 확실히 이기게 해주는 조합이었어요.

김동완 해설은 손바닥으로 무릎을 탁탁 치며 말했다.

―지금까지 이런 말을 한 이유는 대한민국 선수들의 움직임이 아쉬워서입니다. 지금 윤민혁 선수의 움직임과 패스를 어렴풋하게라도 이해할 수 있는 선수가 필드에 세 명밖에 없어요. 그나마도 멕시코 수비진들의 압박을 벗겨내기 힘들어하는 모습입니다. 저걸 이겨내고 윤민혁 선수를 도와줘야 우리

가 멕시코를 압도할 수 있을 겁니다. 대한민국 선수들, 조금만 더 열심히 뛰어주면 좋겠어요.

—멕시코는 우리가 이길 팀이라고 보시는 건가요?

—그렇습니다. 멕시코도 강팀이지만 우리 대한민국이 더 강한 팀이거든요. 멕시코는 16강—16강을 달성한 팀이고 대한민국은 4강—8강을 달성한 팀이에요. 그나마도 8강전은 그 대회 우승국인 이탈리아를 만나서 졌던 거고요. 그러니까 우리가 더 강팀입니다.

김동완 해설은 중국식 계산법을 들고 나왔다.

그 논리엔 동의하고 싶지 않았지만 내용을 부정하긴 싫었던 송영준 캐스터는 어색하게 웃으며 고개를 끄덕이고 입을 열었다.

—어쨌든 간에, 우리 대한민국 선수들이 힘을 좀 내줘야 합니다. 이대로 지면 너무 아쉬우니까요.

민혁을 비롯한 선수들은 집요하게 멕시코의 측면을 통한 침투를 노렸다. 그러나 멕시코도 바보가 아닌 이상 대한민국 선수들의 침투를 계속해서 허용할 리 없었다. 더군다나 한 골을 앞서가는 상황에서 수비에 전념하는 일엔 익숙해진 선수들이었고, 공중볼 다툼에서도 191㎝의 프란시스코 로드리게스가 맹활약을 펼친 탓에 대한민국의 침투는 번번이 무산되었다.

"이거 별로 안 좋은데……."

민혁은 입술을 질끈 물었다. 멕시코가 수비지향적인 팀이 아니라 수비에도 한계가 찾아올 거라고 믿었었지만, 이들은 마치 2004년 3월 31일에 대한민국 대표 팀을 상대했던 몰디브 국가대표팀처럼 페널티박스 근처에 옹기종기 모여 철저한 수비로 일관해 갔다. 수비력이 떨어지는 선수들이라도 이런 식으로 진형을 짠다면 돌파는 거의 불가능했다.

—아, 멕시코 선수들 자존심도 완전히 버린 모양입니다. 북중미 3대 강호인 멕시코가 이런 축구를 하다뇨. 이건 정말 말도 안 되는 이야기입니다.

—아직 모릅니다. 전반 동안 이렇게 힘을 비축해서 후반에 치고 나올 생각일지도 몰라요. 우리 대한민국 선수들 계속 몰아치지만 효과가 없어서 힘이 빠지고 있지 않습니까? 이러다 한 번에 치고 나올 가능성이 있으니 조심해야 합니다. 1 대 0은 어떻게든 잡을 수 있지만 2 대 0이 되면 잡기 힘들거든요.

해설진은 잔뜩 경계심을 높였다. 그도 그럴 게 미국, 코스타리카와 함께 북중미 3대 강호로 꼽히는 멕시코는 수비보단 공격에 집중하는 스타일의 축구를 구사하는 팀이었다. 지금은 수비에 집중하고 있지만, 단 한 번이라도 기회가 온다면 그 기회를 놓치지 않을 팀인 것이다.

선수들도 그 점은 알고 있었다. 그러나 스코어에서 뒤지고 있는 지금은 상대의 역습에 신경을 쓸 수가 없었다. 아직 전반전이라고는 해도, 멕시코가 저런 식으로 페널티박스에 몰려 있으면 뒤처진 점수를 만회할 수 없다는 불안감이 선수들의 이성을 조금씩 갉아먹고 있었기 때문이었다.

"기훈아!"

박지석은 왼쪽 측면으로 공을 보냈다. 멕시코의 풀백 리카르도 오소리오는 머리를 넘어가는 공을 슬쩍 보고는 그대로 후퇴해 페널티박스 안으로 들어갔다. 공을 받은 엄기훈을 막막하게 만드는 대응이었다.

"아, 진짜!"

엄기훈은 짜증을 확 내며 그대로 슈팅을 날렸다. 도저히 드리블로는 뚫을 공간이 나오지 않기에 선택한 수단이었다.

공은 헤라르도 토라도를 맞고 튕겨 나왔다. 그러자 멕시코의 21번 아돌포 밥티스타가 튕겨 나온 공을 잡고 전력으로 질주했고, 동시에 웅크리고 있던 지오반니 도스 산토스와 치차리토도 앞을 향해 빠르게 달렸다. 멕시코의 역습이었다.

―멕시코 21번 빠릅니다. 공격진 총출동! 미드필더진도 달립니다! 대한민국 위기입니다!

―아! 이정후 선수 상대를 놓칩니다. 밥티스타 패스! 공은 하비에르 에르난데스에게 넘어갑니다!

―정성용 선수 빨리 나와줘야죠! 이러면 상대에게 좋은 공

간이…….

송영준 캐스터는 말을 잇지 못했다. 멕시코의 두 번째 골이 들어가는 장면이 나왔기 때문이었다.

―아… 멕시코 두 번째 골을 넣습니다. 무시무시한 역습이에요. 손도 못 써보고 당했습니다.

―하비에르 에르난데스… 그러니까 치차리토 선수가 골결정력이 아주 좋은 선수라는 게 드러나는 장면이었죠. 멕시코리그 득점왕이란 이름에 걸맞는 모습이었습니다. 저 선수가 부상으로 리그 경기의 20퍼센트를 못 뛰었는데도 공동 득점왕에 오른 선수예요. 그걸 감안해서 이런 일이 있을 걸 대비했어야 했는데 말이죠.

―이미 끝나 버린 일은 어쩔 수 없습니다. 이제 전반전도 겨우 5분 남짓 남았는데, 끝나기 전에 한 골이라도 따라잡길 바라는 마음입니다. 2 대 0과 2 대 1은 차이가 크니까요.

해설진은 탄식과 바람을 담아 말했다. 전반전에 단 한 골이라도 만회를 했으면 하는 모양이었다.

그러나 그들의 바람은 허무하게 끝났다. 멕시코는 철저하게 페널티박스에 틀어박혀 수비로 일관했고, 대한민국은 박스 안에 장벽을 세운 멕시코를 뚫지 못하고 전반을 끝냈다. 후반에도 같은 식으로 플레이가 이어진다면 도저히 방법을 찾을 수 없을 분위기였다.

"하……. 저걸 어떻게 뚫지."

이동욱은 머리를 마구 헝클어뜨리며 탄식했다. 저렇게 촘촘히 틀어박혀 있어서야 방법이 없었다. 유일한 방법이라면 프리킥이나 코너킥을 이용한 세트피스 정도겠지만, 멕시코는 길을 철저히 틀어막으면서도 세트피스를 내어 주지는 않고 있었다.

"어떻게든 뚫어야죠."

민혁은 입술을 깨물고 생각에 잠겼다.

1 대 0이면 몰라도 2 대 0으로 몰려 버린 지금은 심리적으로도 잔뜩 위축된 상태였다.

자신조차도 이렇게 조바심이 나는데, 이번에 첫 출전을 한 선수들은 도대체 어떻겠는가.

그건 감독인 핌 베어벡도 다르지 않았다.

그는 입술을 잘근잘근 씹으며 목구멍을 넘어오는 말을 애써 되돌리길 반복하고 있었다. 수비 전술엔 능한 그였지만 공격 전술을 짜는 데에 있어선 약점이 있었고, 때문에 이런 상황을 해결할 만한 카드도 제시할 수 없었다.

그렇다고 선수들을 독촉할 수도 없는 일이 아닌가.

그렇게 시간은 흘러가 버렸고, 이내 후반전이 찾아들었다.

"자, 자, 다들 정신 차려. 45분 동안 기회는 반드시 오니까 어떻게든 잡으면 돼. 너무 걱정하지 말고."

박지석은 손뼉을 치며 선수들을 격려했다. 하지만 별로 효과는 없어 보였다.

"음……"

"뭐 할 말 있어?"

"경기 시작하면요."

"시작하면?"

"…아뇨, 일단 그라운드 나가서 봐요."

민혁은 하려던 말을 삼키고 필드로 향했다.

―대한민국 대 멕시코 후반전 시작합니다. 멕시코의 선축으로 시작하는 후반전. 남은 45분 안에 어떻게든 만회를 해야 할 텐데요.

―주심 휘슬로 후반전 시작됩니다. 하비에르 에르난데스, 공을 뒤로 돌립니다. 수비적으로 시작하는 멕시코. 한국 빨리 공을 빼앗아야 합니다.

공을 돌리던 멕시코는 대한민국이 압박하는 틈을 타 전방으로 패스를 보냈지만, 중앙선을 넘자마자 공을 뺏겼다. 박지석의 태클이었다.

굴러간 공은 이동욱이 잡아 측면으로 넘겼다. 민혁이 있는 방향이었다.

중앙선을 막 벗어난 민혁은 필사적으로 수비 라인을 갖추는 멕시코 선수들을 보았다. 이번에도 페널티박스로 들어가 버스를 세울 모양이었다.

'어디 마음대로 되나 보자.'

입술을 질끈 깨문 민혁은 그 자리에서 곧바로 슛을 날렸다.

*　　　*　　　*

―윤민혁 선수 강슛! 오스카르 페레스 골키퍼 간신히 공을 쳐냅니다. 흘러나온 공… 이동욱 선수 그대로 발리킥! 들어갑니다! 대한민국 만회골! 후반 시작 1분 만에 만회골을 넣습니다!

라이언킹 이동욱은 발리 깎는 장인이란 별명에 걸맞는 골을 넣었다. 멕시코 선수들을 벙찌게 만드는 엄청난 골이었다.

―대한민국 선수들 환호합니다! 이건 정말 크거든요! 충분히 따라붙을 수 있다는 자신감이 다들 생겼을 겁니다!

―그렇습니다. 이제 앞으로 44분. 추가시간까지 고려하면 약 50분 정도가 남았을 수도 있다는 거예요. 동점골을 넘어 역전골이 나오기를 기대해도 된다고 봅니다.

―윤민혁 선수의 예상치 못한 중거리슛이 만들어낸 기회죠. 오스카르 페레스가 반응이 늦었다면 거기서 골이 나왔을지도 몰라요.

―네, 엄청난 선방이었죠. 하지만 이동욱 선수 앞으로 공이

떨어진 순간 멕시코의 실점은 결정되어 있던 거나 다름없었어요. 이동욱 선수가 누굽니까. K리그의 발리 깎는 장인 아닙니까? 저런 공은 페널티킥보다 잘 넣는 선수가 이동욱이에요.

─아무튼 득점이 빨라서 다행입니다. 지금 아마 전국의 치킨집 전화통이 불나고 있을 거예요.

중계진은 이른 만회골에 환호를 터뜨렸다. 이로써 멕시코가 한층 더 웅크릴 가능성은 있지만, 그래도 점수 차를 1점으로 좁혔다는 부분은 긍정적이었다.

"한 골… 아니, 두 골 더 넣자!"

박지석의 외침은 선수들의 사기를 끌어 올렸다. 덕분에 민혁도 부담감을 한층 덜어낼 수 있었고, 여유를 되찾은 민혁은 당황하고 있는 멕시코 선수들을 바라보며 고개를 끄덕였다. 상대가 당황하고 있다는 건 파고들 틈이 곧 나온다는 이야기였다.

그것은 4분 만에 증명되었다.

─대한민국의 윤민혁 선수! 멕시코 선수들 사이로 단독 돌파에 들어갑니다! 카를로스 살시도, 살시도 돌파! 슛! 막힙니다! 아쉽습니다!

멕시코 선수들은 완전히 당황했다. 철저하게 수비를 한다고 생각했음에도 돌파를 허용했다는 데에 놀라고 있는 것 같았다.

"조금만 더 세게 차지 그랬어."

"각도가 잘 안 나와서요. 아무튼 코너킥은 얻었으니까……."

민혁은 멕시코 선수들을 힐끗 보고는 공을 들고 코너로 향했다. 그들이 정신을 차릴 틈을 줘서는 안 된다는 생각이 들어서였다.

공을 들고 간 그는 오버래핑을 나온 차두희에게 공을 넘겼다. 차두희는 경직된 멕시코 선수들을 몸싸움으로 튕겨내며 페널티박스 안으로 침투했고, 멕시코의 주장 라파엘 마르케스마저도 어깨싸움으로 쓰러뜨린 후 강슛을 때렸다.

그러나, 슛은 골키퍼 정면으로 향했다.

—아… 차두희 선수의 슛이 멕시코 골키퍼 정면으로 향합니다. 오스카르 페레스 골키퍼 공을 잡고 쓰러지네요. 시간을 끌겠다는 거죠.

—그렇습니다. 이건…….

송영준 캐스터는 순간 멈칫했다. 어째 멕시코 골키퍼가 정신을 잃은 것 같은 느낌이었다.

그것은 단지 느낌만이 아니었다.

—주심 경기를 중단시키고 의료진을 부릅니다. 시간을 끌려는 게 아닐지도 모르겠습니다.

—차두희 선수의 슛이 너무 강했던 걸까요? 오스카르 페레

스 선수가 일어나지 못합니다. 기절한 것 같네요.

―심판 들것을 준비시킵니다. 지금 보니까 페레스 선수가 깨어나긴 했어요. 하지만 가슴을 붙잡고 고통을 호소합니다. 계속 뛰긴 힘들 것 같습니다.

―멕시코의 13번 기예르모 오초아가 몸을 풉니다. 현재 클루브 아메리카 소속으로 뛰고 있는 선수인데요, 2005년에 데뷔한 이래 멕시코의 No.2 자리를 계속해서 유지하고 있는 선수죠. 경험이 부족한 걸 빼면 페레스 골키퍼보다 낫다는 평가도 있는 선수입니다만, 이런 상황에서 갑자기 투입된다면 제 실력을 발휘하기 어려울 겁니다. 한국으로선 그 틈을 노려야 해요.

선수교체는 금세 이루어졌다. 오스카르 페레스가 들것에 실려 나갔고, 그를 대신해 기예르모 오초아가 투입되었다.

하지만 멕시코의 분위기는 순식간에 엉망이 되었다. 동료가 공에 맞아 쓰러지는 걸 본 이상 당황을 금할 수 없는 게 당연한 일이었다.

민혁은 멕시코 선수들이 당황한 틈을 집요하게 파고들었고, 멕시코는 민혁을 막으려다 무리한 반칙을 하고 말았다. 페널티박스 라인에 걸친 지점에서 옷자락을 붙잡고 늘어진 것이다.

버티려던 민혁은 관성을 못 이기고 넘어졌다. 바로 앞에서 그걸 본 주심은 그대로 페널티스폿을 가리켰다. 페널티킥 선언이었다.

멕시코 원정 응원단은 고함을 지르며 들고 있던 물건을 경기장에 내던졌다. 2 대 0에서 10분 만에 동점이 유력한 상황이 나온 걸 받아들일 수 없던 모양이었다.

멕시코 선수들도 주심을 둘러싸고 강하게 항의했다. 그러나 너무도 명백한 반칙이라 심판진은 그들의 항의를 허용하지 않았다. 주심 로베르토 로세티는 항의를 하는 멕시코 선수들을 진정시키며 더 이상의 항의가 나올 경우 카드를 빼겠다는 제스처를 보냈고, 멕시코 선수들은 격렬한 반응을 보이면서도 주심에게서 천천히 멀어져 갔다. 여기서 카드까지 받았다간 경기가 완전히 꼬임을 알기 때문이었다.

주심은 다시 한번 페널티스폿을 가리켰고, 대한민국 중계진과 응원단은 환호성을 질렀다.

―대한민국의 이동욱 선수, 공을 들고 페널티박스로 들어갑니다.

―이번 기회는 반드시 살려야 합니다. 멕시코가 흔들리는 지금이 기회예요. K리그의 전설에 걸맞는 모습을 보여주길 기원합니다.

이동욱은 숨을 길게 내쉬며 기예르모 오초아를 바라보았다. 오초아는 흔들리는 눈으로 이동욱을 보고 있었다. 국가대

표 5년 차에 들어선 선수지만 국제 대회에서 주역이 된 적은 별로 없는 선수였고, 때문에 이런 큰 대회에 투입되자마자 이런 위기를 겪는 건 처음이었다.

—이동욱 선수 달립니다! 넣느냐, 넣느냐… 넣었습니다! 대한민국의 추가득점! 2 대 2 동점입니다!

—선수들 이동욱 선수에게 달려듭니다. 환호하는 선수들! 정말 기쁜 표정입니다!

—다들 아시겠지만 이동욱 선수는 대한민국 최고의 공격수임에도 월드컵에선 좋은 기억이 없었죠. 그런데 이번 경기에서 그 한을 푸는 모습입니다. 월드컵 본선에서, 그것도 토너먼트에서 멀티골을 넣는 건 아무나 할 수 있는 일이 아니거든요.

—그렇습니다. 공교롭게도 두 골 다 윤민혁 선수의 발끝에서 시작된 기회였는데요. 아쉽게도 두 골 전부 어시스트로는 기록되지 않겠네요.

—좀 아쉽긴 하지만 괜찮습니다. 그래도 팀이 득점을 기록하고 이겨야 다음 라운드에 올라갈 수 있는 거 아니겠습니까? 윤민혁 선수는 8강, 4강, 그리고 결승에서 득점과 어시스트를 기록하면 돼요. 지금도 득점왕이 유력한 선수인데 어시스트 두 개를 아쉬워하다 페이스를 잃으면 안 되죠.

비록 그 말을 듣지는 못했지만, 민혁도 그와 비슷한 생각을 하고 있었다.

공격포인트가 쌓이고 16강에서 탈락하는 것보다는, 그런 것 없이 8강에 오르는 게 중요했다.

"한 골만 더 넣어요. 해트트릭 해야죠."

"그게 하고 싶다고 해서 되는 게 아니거든?"

이동욱은 웃으면서도 어깨를 으쓱였다. 더 넣고는 싶지만 자신은 없는 것 같았다.

"공 최대한 밀어줄 테니까 기회만 보세요. 제가 찰 기회 안 나오면 패스할게요."

"그래라."

그는 피식 웃고는 자리로 돌아갔다. 민혁의 말을 듣고도 별로 기대는 하지 않는 모습이었다.

골을 허용한 멕시코 선수들은 하늘이 무너진 것 같은 표정을 짓고 있었다. 그들을 본 하비에르 아기레는 선수들을 향해 마구 삿대질을 하며 고함을 질렀다. 동점에 당황하지 말고 공격으로 나서라는 신호를 보내고 있는 것 같았다.

멕시코 선수들은 서로 모여 웅성거리다, 심판의 재촉을 받고서야 중앙으로 향했다.

"쟤들 흔들리는 것 같지?"

"네."

"그래도 방심하면 안 돼. 원래 공격에 익숙한 애들이니까."

"그거야 알죠."

민혁은 박지석과 이야기를 주고받으며 멕시코 선수들을 보았다.

멕시코 선수들의 눈은 아직 흔들리고 있었다. 하지만 저 동요가 그리 오래가지 않을 건 틀림없었다. 지금은 난데없는 일격을 맞아 당황하고 있지만, 적극적으로 공격에 나서게 되면 본래의 흐름을 되찾을 게 뻔했다.

그렇다면, 저들이 침착함을 되찾기 전에 한 번 더 일격을 날려야 했다.

민혁은 멕시코가 공을 돌리자마자 집요하게 달라붙었다.

수비 모드에 들어간 민혁은 가장 가까이 있는 선수에게 달라붙었고, 그를 마주한 아돌포 밥티스타는 집요할 만큼 달라붙는 민혁에게 질려 버렸는지 공과 상관없는 지역으로 달아나 버렸다. 그걸 채 보지 못한 헤라르도 토라도의 패스는 빈 공간을 지나쳐 버렸고, 그 공은 라인을 넘어가 버렸다. 대한민국의 스로인이었다.

멕시코 감독은 인상을 쓰며 고함을 질렀다. 실수를 했으면 만회를 하라는 의미의 제스처가 아돌포 밥티스타에게 전해졌다. 재촉을 받은 그는 조금 전 상황의 복수를 하듯이 민혁을 노리고 달라붙었지만, 그보다 신체 능력과 기술 모두가 월등한 민혁을 붙잡는 건 불가능했다.

민혁은 세 명의 선수 사이를 빠져나가며 중앙으로 패스를 날렸다.

—이동욱, 라이언킹 이동욱 공 잡았습니다! 앞에는 라파엘 마르케스, 이동욱 선수 돌파하느냐, 돌파하느냐…….

이동욱은 슈팅 자세에서 몸을 틀어 왼쪽 방향으로 공을 보냈다. 수비에서 올라온 이정후가 있는 방향이었다.

이정후는 노마크 찬스에서 그대로 공을 때렸다. 지금은 수비수지만 프로 데뷔는 공격수로 했던 사람답게 힘이 넘치는 중거리 포였다.

—기예르모 오초아 공 놓칩니다! 대한민국의 역전골! 3 대 2가 됩니다!

—선수들 환호합니다! 믿을 수 없는 득점! 멕시코 선수들 완전히 망연자실한 표정입니다. 기세가 완전히 죽은 것 같아요!

—그럴 겁니다. 전반전을 2 대 0으로 마쳤는데, 후반 시작한 지 얼마 되지도 않아서 역전을 허용했으니까요. 정말 엄청난 10분이었습니다.

—아, 지금 후반전 10분밖에 안 지났었나요? 전 세 골이나 터져서 한 30분 지난 줄 알았습니다.

김동완 해설은 능청스레 말했다.

멕시코의 감독 하비에르 아기레는 한참이나 숨을 몰아쉬다 전술을 바꿨다. 민혁에게 계속 당하는 아돌포 밥티스타를 빼고 기예르모 프랑코를 넣어, 팀의 전술을 다이아몬드형 4—4—2로 바꾸는 선택이었다.

전술을 바꾼 멕시코는 총공세에 들어갔다. 하지만 이기고 있다가 역전을 당한 탓인지 당혹과 흥분이 교차하는 모습이었고, 대한민국 선수단은 공간이 뻥뻥 뚫린 멕시코의 진영을 마구 헤집으며 패스와 슛을 번갈아 날렸다.

그런 전개가 이어지던 후반 39분.

멕시코의 도스 산토스에게서 공을 탈취한 기성룡이 전방으로 공을 찔렀다.

—기성룡 선수의 롱패스 이어집니다. 이동욱 선수 볼경합! 따냅니다! 공은 뒤에서 들어오는 박지석 선수에게, 박지석 선수 윤민혁 선수에게 패스합니다. 윤민혁 선수 단독 돌파! 멕시코 선수들 우왕좌왕합니다! 이건 뚫리죠!

민혁은 카를로스 살시도와 헤라르도 토라도 사이를 뚫고 박스로 진입했다. 멕시코의 주장 라파엘 마르케스는 막 박스로 들어온 민혁을 가로막아 슛이 나올 각도를 주지 않으려 했고, 민혁은 순간적으로 속도를 늦추며 플립플랩을 사용해 시선을 빼앗은 후 중앙으로 치고 달렸다. 호나우딩요의 전매특허나 다름없는 동작의 재현이었다.

공을 따라 시선을 움직이던 라파엘 마르케스는 민혁을 놓쳐 버렸다. 무게중심이 반대편으로 쏠려 버린 까닭이었다.

그다음 순간.

마크에서 자유로워진 민혁이 힘차게 공을 때렸다.

7

2010 월드컵
–
8강

　민혁이 찬 공은 안타깝게 골이 되지 못했다. 골대 구석을 맞고 튕겨 나왔기 때문이었다.

　그러나 그 공은 반격을 가하려던 멕시코를 완전히 움츠러들게 했고, 멕시코는 변변한 공격 한 번 하지 못한 채 남은 시간을 전부 흘려 버렸다. 대한민국의 8강행이 결정된 순간이었다.

　16강을 마친 대표 팀은 휴식에 들어갔다. 다음 경기가 6일이나 남았으니 간단한 훈련 정도는 해야 했지만, 그 훈련 외엔 별도의 훈련을 시키지 않고 팀 정비에 들어간 베어벡 감독은 8강 선발 예비 명단을 선수들에게 알려주었다.

이동욱은 8강 선발에서 빠졌다. 아무래도 30줄에 들어섰기 때문인지 체력 회복이 생각보다 더뎠던 탓이었다.

"홍삼을 좀 더 가져올걸."

"팀에서 주잖아요."

민혁은 고개를 갸웃했다. 그렇지 않아도 대표 팀 주치의가 먹으라며 가져온 홍삼 제품이 한 바구니를 넘겼기 때문이었다.

"그러니까 더 가져올 걸 그랬다고 하는 거잖아."

"그거 먹는다고 회복이 빨라져요?"

"응."

"전 별로 효과 없던데요?"

"많이 먹어야지. 삼계탕에도 좀 넣어 먹고 그래 봐."

민혁은 솔깃하다는 표정을 지었다. 40대가 코앞인 상황에서도 프로 생활을 했던 그의 말이라면 믿을 만하다는 생각이 들어서였다.

"약 같은 거 먹지 말고 체력을 길러."

"형도 어릴 때 개구리 잡아서 먹었다면서요."

"그땐 그랬지. 근데 지금 생각해 보면 엄청 위험한 거다. 무슨 기생충이 있을지 알고 그래."

"……."

민혁은 피식 웃고는 고개를 끄덕였다. 하기야 뱀을 잡아 구워 먹은 사람이 10년 후 깨어난 사충(蛇蟲:뱀 기생충) 때문에 죽는 일도 간혹 나오곤 했다. 정체불명의 음식이나 위생이 좋지 않은 건 피하는 게 최고였다.

역시 홍삼이 좋을까 고민하던 민혁의 귀에, 대표 팀 막내 이승열의 목소리가 흘러들었다.

"형들! 감독님이 들어오래요!"

*　　　　*　　　　*

2010년 7월 3일, 케이프타운 그린 포인트 스타디움.

민혁은 숨을 헐떡이며 전광판을 보았다.

떠 있는 숫자는 1 대 1이지만, 체감상 5 대 1이 되어도 이상할 게 없었던 경기였다.

한때 녹슨 전차로 불렸던 독일은 녹을 다 벗겨내고 기름칠까지 완벽히 해낸 전차로 바뀌어 있었다.

필립 람과 제롬 보아텡, 그리고 페어 메르테자커와 아르네 프리드리히가 버티고 있는 포백은 무너지기 전의 베를린 장벽처럼 공고하게 버텼고, 바스티안 슈반스타이거와 사미 케디라, 그리고 메수트 외질이 버티고 있는 미드필더는 정교한 톱니바퀴를 가진 기계식 시계처럼 한 치의 오차도 없는 조합을 이루고 있었다.

거기에 애국자 루카스 포돌스키와 월드컵 득점왕에 도전하고 있는 토마스 뮐러, 그리고 전년도 월드컵 득점왕인 미로슬라프 클로제가 버티고 있는 공격진도 강하긴 마찬가지였다. 과연 영원한 우승 후보라는 말이 과장된 게 아님을 느끼게 해주는 강공을 계속해서 펼친 것이다.

이런 팀을 상대로 동점을 유지하고 있는 이유는 단 하나.

핌 베어벡이 감독 생활 내내 주지시켰던 포백 운용, 그중에서도 오프사이드트랩의 완벽한 활용 덕분이었다.

개인 기술을 구사해서 돌파를 하는 팀을 상대로는 선보이기 어려운 수비였지만, 독일과 같이 철저한 조직력으로 승부하는 팀을 상대로는 나름 효과를 보이고 있었던 것이다.

─루카스 포돌스키, 이번에도 트랩에 걸립니다. 우리 선수들 정말 잘해주고 있어요.

─메수트 외질 선수 부심을 보고 소리를 지릅니다. 분명히 동일 선상에 있었다는 거죠.

─사실 제가 보기에도 동일 선상인 것 같았습니다. 하지만 현장에 있는 심판의 눈이 제일 정확하겠죠.

─아, 심판 휘슬 붑니다. 전반전 종료… 선수들 하프타임 동안 평정심을 좀 찾아야겠어요. 이렇게 끌려다니다간 아무것도 못 하고 질 수밖에 없습니다.

─그나마 윤민혁 선수가 상대의 자책골을 유도한 덕분에 이렇게 버틸 수 있는 겁니다. 그 골이 없었다면 선수들은 완전

히 무너졌을 거예요.

선수들은 지친 표정으로 라커룸으로 향했다. 중계진의 말을 들을 수는 없었던 그들이지만, 하프타임 동안 컨디션을 회복해야 한다는 생각은 다들 하고 있었다.

라커룸으로 들어간 민혁은 수건을 받아 땀을 닦으며 고개를 저었다.

하기야 2010년의 독일은 리오넬 메시가 있는 아르헨티나를 4 대 0으로 대파했던 팀이었다. 물론 민혁의 회귀로 인해 흐름이 뒤틀린 지금은 아르헨티나를 만나려면 양 팀 모두가 결승전에 올라야 했지만, 어쨌거나 독일은 그때나 지금이나 한결같이 강했다.

"2004년에 이런 팀 상대로 이겼던 거예요?"

민혁은 이동욱을 바라보며 물었다. 조 본프레레 감독이 이끌던 대한민국 2군이 위르겐 클린스만이 이끌던 독일 1군을 3 대 1로 이겼던 경기가 떠오른 탓이었다.

이동욱은 쓰게 웃으며 입을 열었다.

"솔직히 기적이었지."

"잡담 그만."

핌 베어벡은 선수들의 시선을 자신에게 모았다. 일단 집중력이 분산되는 건 막아야겠다는 생각이었다.

그러나 독일을 상대할 방법은 그로서도 좀처럼 나오지 않았다. 본래 수비 전술을 짜는 데 특화된 감독이었던 그로서는 독일 정도의 조직력을 갖춘 팀을 뚫을 비책을 떠올리기 힘들었다.

무리를 시켰다가 조직력이 깨져 버리면 오히려 안 좋은 결과만 낳게 될 터였고, 그렇지 않아도 새가슴 소리를 듣는 그는 그런 부담을 감수하고 싶은 생각도 없었다.

고민하던 그가 찾아낸 선택지는 떠넘기기였다.

"박지석."

"네?"

"맨유에서는 이럴 때 어떻게 했지?"

박지석은 어깨만 으쓱였다. 안타까운 일이지만 맨유의 선수단과 대한민국의 선수단은 퀄리티와 스타일의 차이가 심했고, 때문에 맨유에서 썼던 방법을 사용하기는 어려울 거란 이야기였다.

게다가 알렉스 퍼거슨이란 감독은 특정한 전술을 내세우는 스타일의 감독이 아니었다. 퍼거슨은 특별한 전술적 특성은 없지만 그때그때 문제점을 잘 파악해 결과를 이끌어내는 스타일의 감독이었기에, 동일한 상황이 반복되어도 해결책이 매번 달라지곤 했던 것이다.

그 표정에서 답을 찾을 수 없음을 깨달은 베어벡은 이번엔 민혁을 바라보았다.

"윤민혁, 벵거 감독에게 조언을 들은 건 없나?"

"…없는데요."

민혁은 더 할 말이 없었다.

아르센 벵거는 큰 틀만 잡은 후 선수들의 자율성을 최대한 보장하는 스타일의 감독이었다. 세부적인 전술을 지시하는 경우는 정말 가뭄에 콩 나듯 할 정도라, 아스날에서 이런 상황을 만날 때도 2 대 1 패스와 침투를 통해 골을 노리라는 말을 들은 게 전부였기에 정말로 해줄 말이 없었다.

베어벡 감독은 미간을 좁히며 머리를 긁었다. 이렇게 된 이상 할 수 있는 말은 하나뿐이었다.

"다들 침착해라. 정신을 차리고 집중하면 기회는 반드시 온다."

"네."

"강팀이라도 반드시 실수는 한다. 그 기회를 잡으면 이길 수 있어."

베어벡은 시계를 힐끗 보았다. 남은 하프타임은 고작 3분이었다.

"독일은 분명 강하다. 하지만 너희도 분명히 강해. 난 너희의 실력을 믿는다."

"운도 좀 빌어주세요."

민혁은 가볍게 웃으며 말했다. 베어벡은 완전히 당황했지만, 그 표정을 본 선수들은 피식피식 웃으며 잔뜩 차올랐던 긴장감을 지울 수 있었다.

그것은 그라운드에 나온 그들을 본 중계진의 대화로도 확인할 수 있었다.

―대한민국의 선수들 표정이 밝아졌어요. 라커룸에서 무슨 이야기를 나눈 걸까요?

―평정심을 찾았다는 건 좋은 현상입니다. 우리 선수들, 지금의 상태를 잃지 말고 열심히 싸워주면 좋겠습니다.

후반 선축은 대한민국이었다.

원톱으로 나온 박주혁은 박지석에게 공을 넘겼고, 박지석은 그대로 뒤편에 있는 기성룡에게 공을 보냈다. 독일은 전반에 그랬듯이 철저하게 간격을 유지하며 앞으로 나와 대한민국 선수단을 압박했는데, 그 와중에서도 진형은 굳건히 유지되었다. 설령 공을 놓치더라도 공간은 내어 주지 않겠다는 의도가 보이는 수비였다.

"저걸 어떻게 뚫어."

무심코 중얼거렸던 이정우는 들어온 패스를 받아 전진하다 측면에 있는 민혁에게 보냈다. 원톱임에도 압박을 가하는 클로제를 피하려는 움직임이었다.

민혁은 공을 받아 천천히 전진했다. 민혁의 드리블 실력을 아는 독일 선수들은 민혁에게 달라붙지 않고 일정 공간을 유지하며 전진을 막았다. 하지만 돌파를 하려 한다면 몸으로 부딪쳐 올 터였다.

'까다롭네.'

민혁은 미간을 좁혔다. 아스날이라면 여기서 자신을 도와줄 선수들이 많지만, 대한민국 대표 팀에게는 기대할 수 없는 움직임이었다.

결국 개인 능력으로 해결해야 함을 이해한 민혁은 천천히 움직이다 순간적으로 치고 나가 방어선을 돌파했다. 어느 정도 예상을 하던 독일로서도 막지 못할 만큼 날카로운 타이밍이었다.

─윤민혁 선수 돌파합니다! 3선에 있던 사미 케디라까지 돌파! 수비진, 다급히 윤민혁 선수를 막아섭니다! 이대로… 아, 뺏깁니다. 아르네 프리드리히의 밀치기. 주심은 정당한 몸싸움으로 본 모양입니다.

─욕심이 과했어요. 아무리 윤민혁 선수라도 상대의 1선 앞에서 출발해서 4선 수비진까지 단독 돌파를 하는 건 무리가 있죠. 20m나 뒤에서 버티며 기다리고 있는 상대를 뚫는 건 쉽지 않거든요.

─하지만 독일 선수들 조금은 당황한 것 같습니다. 슈팅은 안 나왔지만 슈팅 찬스를 내준 거나 다름없으니까요. 저기서 돌파를 안 하고 슛을 한다는 선택지도 있었을 텐데, 참 아쉽습니다.

─아마 마누엘 노이어 골키퍼를 의식한 것 같습니다. 나이는 어리지만 벌써부터 분데스리가 최고의 골키퍼라는 소리를

듣고 있죠. 르네 아들러가 부상이 없었으면 밀렸을 거라는 추측도 나옵니다만, 제가 보기엔 노이어가 독일 최고의 골키퍼예요. 윤민혁 선수가 먼 거리에서 슈팅을 하지 않으려 한 것도 이해할 수 있습니다.

그러는 사이, 반격에 나선 독일은 중앙선을 넘었다. 급하게 들어오는 건 아니지만 압박감이 느껴지는 전진이었다. 왜 저들을 전차 부대라 하는지 이해할 수 있을 듯한 느낌이었다.

그들의 사령관인 메수트 외질은 순간적으로 시선을 돌리고 패스를 날렸다. 전반전 내내 대한민국을 긴장시켰던 바로 그 패스였다.

―뮐러, 토마스 뮐러 공 잡습니다! 깃발 안 올라갔어요!

―위험합니다! 우리 선수들 빨리… 다행입니다. 이정후 선수 클리어링! 독일의 스로인으로 이어집니다.

오른쪽 윙으로 나온 뮐러는 대한민국 수비진을 빠르게 휘저었다. 다행히 시간을 끈 사이 복귀한 미드필더진이 수비진과 대열을 맞춰 빽빽하게 움직인 덕분에 독일의 공격은 무산되었고, 공은 다시 민혁의 발밑에 떨어졌다. 기성룡이 반사적으로 걷어낸 공이 역습 찬스로 이어진 순간이었다.

민혁은 날아온 공을 가볍게 앞으로 밀어내곤 전력으로 질주했다. 카카나 베일보다는 느리지만, 적어도 40m 정도의 질주라면 독일 선수들에게 지지 않을 자신은 있었다.

─대한민국 좋은 역습 찬스! 윤민혁 선수 치고 달립니다!

─다른 선수들도 빨리 도와줘야 돼요! 공을 몰고 달리는 선수가 공 없는 선수보다 빠르긴 힘듭니다. 독일 수비진이 복귀하기 전에……

김동완 해설은 말을 끌었다. 수비진이 붙기 전에 민혁에게 슛 찬스가 와버렸기 때문이었다.

민혁은 노이어가 달려 나오는 것을 보고는 방향을 전환했다. 급격한 전환이지만 노이어는 순식간에 대응하며 몸을 날렸다. 통상적인 슛 각도를 완전히 막아버리는 플레이였다.

그러자마자, 강슛을 때릴 것 같던 민혁의 발이 부드럽게 움직였다. 로빙슛이었다.

노이어를 훌쩍 넘어간 공은 두어 번 튕기더니 골문 안으로 스르르 들어갔다. 대한민국의 역전골이었다.

─골! 윤민혁 선수 역전골 기록합니다! 2 대 1! 대한민국이 후반 17분에 독일을 앞서가기 시작합니다!

골을 넣은 민혁은 주먹을 불끈 쥔 채 뒤편을 보았다.

독일 선수들의 얼굴엔 낭패감이 서려 있었다.

8

2010 월드컵
－
4강

평정을 잃은 독일은 전차 군단의 위용을 살리지 못했다. 급해진 선수들이 공격에 몰두하면서부터 단단하던 조직력에 금이 가버렸고, 그들을 상대하는 대한민국 선수단은 한층 더 수월하게 경기를 풀어갈 수 있었다.

초반엔 강공에 밀려 움찔하는 기색을 보이기도 했지만, 철저하게 수비 모드에 들어간 대한민국은 독일을 질식시킬 듯이 압박해 슈팅을 때릴 찬스조차 주지 않았다. 핌 베어벡이 4년 동안 단련한 수비 조직력의 위엄이 드러난 한판이었다.

그때부터 종료를 알리는 휘슬이 울릴 때까지, 독일이 때린 슛은 겨우 2개에 불과했다.

"우와아아아아!"

경기장에 모인 응원단은 심판의 휘슬이 울림과 동시에 환호성을 질렀다. 경기장을 채운 관중의 대부분이 독일 팬이라 엄청난 함성이라고 할 정도까지는 아니었으나, 4,000여 명에 불과한 관중이 내지르는 함성이라기엔 놀랄 만큼 큰 환호성이었다.

민혁은 이마에 맺힌 땀을 닦으며 웃었다. 처음으로 진출해 보는 월드컵 4강이었다.

"동욱이 형, 울어요?"

"안 울어 인마."

민혁은 피식 웃고는 관중들을 바라보며 두 손을 들었다. 관중석에선 열화와 같은 환성이 터져나왔고, 그들을 향해 손을 한 번 흔들어준 민혁은 다시 이동욱을 바라보며 입을 열었다.

"그냥 감격해서 울었다고 하면 어디가 덧나요?"

"안 울었다니까. 이번 경기에서 한 것도 없는데 울면 내가 뭐가 되냐."

"4강에서 골 넣으면 되죠. 오늘 쉬어서 체력도 충분하잖아요."

이동욱은 웃는지 우는지 모를 표정으로 민혁을 보다 고개를 돌렸다.

4강에 오른 대한민국 선수들의 숙소에선 파티가 벌어졌다. 다음 경기 상대가 스페인임을 알고 있는 민혁은 기쁜 와중에서도 힘들겠다는 생각을 하고 있었지만, 다른 선수들은 오랜만에, 또는 처음 맞는 4강 진출에 들떠 다음 경기에 대한 생각은 하지 않았다.

하기야 알았더라도 달라질 건 없을 터였다. 독일도 이겼는데 스페인이야 무슨 대수겠는가.

'이래서 아는 게 독이 될 수도 있다는 거구나.'

그런 생각을 하던 민혁은 고개를 저었다. 회귀 전 스페인이 우승했던 건 이젠 없는 일이다. 당장 대한민국이 4강에 오르는 것도 있어서는 안 되는 일이었고, 반대편에 있는 아르헨티나가 4강에 오른 것 역시 지난번과는 달라진 상황이었다.

그렇다면 자신들이 스페인을 이기지 못할 이유는 없었다.

민혁은 그제야 힘들겠다는 생각을 지울 수 있었다. 사비와 이니에스타, 그리고 부스케츠라는 현 시대 최고의 미드필더들이 버티고 있는 스페인이라지만, 자신이 그들보다 못할 게 없지 않은가.

걱정을 지운 민혁은 파티에 완전히 몰입할 수 있었고, 그 파티는 다음 날 아침까지 계속되었다.

그 파티로 인해 컨디션 조절에 실패한 대표 팀은 이틀 내내 수면 조절에 들어갔다. 4강 2차전이라 7월 6일이 아닌 7월 7일에 경기가 열린다는 게 다행이었다.

그로부터 며칠 후.

4강전이 열리는 그날이 왔다.

* * *

대한민국과 스페인의 4강전이 열리는 곳은 남아프리카공화국 제3의 도시임과 동시에, 남아프리카의 보석이라 불리는 더반의 모지스 마비다 스타디움이었다.

양 팀 선수들은 그라운드로 입장해 악수를 나누고 자리로 향했다. 이제 양 팀 주장이 동전의 앞뒷면을 결정하고 심판이 동전을 던져 선공을 정하면 경기가 시작될 터였다.

바로 그 직전, 민혁은 이니에스타에게 다가가 손을 내밀었다.

"응?"

"열심히 하자."

이니에스타는 당황스럽다는 듯이 민혁을 보다, 이내 웃으며 손을 잡고 힘차게 흔들었다. 대한민국의 에이스인 민혁이 자신에게 찾아왔다는 건, 그가 자신을 스페인의 에이스로 여기고 있다는 뜻이기 때문이었다.

"부에나 수에떼(Buena suerte)!"

"굿 럭(Good Luck)."

둘은 스페인어와 영어로 행운을 빌어주곤 자리로 향했다.

선공은 스페인의 몫으로 돌아갔다.

스페인의 원톱 다비드 비야가 밀어준 공은 이니에스타를 거쳐 스페인의 엔진인 사비에게 향했다.

사비 에르난데스는 바르셀로나에서처럼 팀의 사령관 역할을 맡고 있었다. 중앙미드필더로는 세계 최고로 꼽히는 데다 경기를 읽는 능력에 있어선 역대 최고라도 해도 무리가 아닌 그이기에, 대한민국의 경계심은 짙어질 수밖에 없었다.

하지만 그 말은, 사비를 틀어막으면 스페인을 이길 수 있다는 말과 다르지 않았다.

베어벡 감독도 그 부분에 대해선 인지하고 있었다. 때문에 그는 4-1-3-2 포메이션을 채택했지만, 최전방 투톱을 이동욱과 박지석이라는 조합으로 들고 나왔다. 이동욱은 본래대로 원톱의 역할을 수행하는 한편, 그와 페어를 이룬 박지석은 사비 에르난데스에게 붙어 움직임을 차단하는 일을 주로 하라는 역할을 맡겼다.

그 내용을 떠올린 민혁은 사비에게 달라붙는 박지석을 보곤 이니에스타를 찾아 달라붙었다. 박지석만큼의 수비력은 없지만, 적어도 이니에스타의 진로를 막을 정도의 속도는 가지고 있는 자신이었다. 방해 정도는 충분히 할 수 있단 이야기였다.

그것은 이내 효과를 발휘했다.

사비와 이니에스타의 조합은 삐걱거렸다. 간혹 박지석이 사비를 놓쳐도 민혁이 이니에스타를 막고 있는 까닭에 두 사람의 패스는 좀처럼 나오지 않았다. 물론 다비드 비야나 세르히오 부스케츠 등이 이니에스타를 대신해 패스를 연결하는 역할을 맡았으나, 아무래도 이니에스타에 비하면 연결이 그렇게 좋지 않았다.

결국, 스페인은 사비 에르난데스가 아닌 사비 알론소를 통해 경기를 풀어나갔다.

─스페인의 사비 알론소, 전방으로 긴 패스를 보냅니다. 패스를 받는 페르난도 토레스… 놓칩니다. 터치가 별로 좋지 않네요.

─스페인이 티키타카가 아닌 뻥축구를 하고 있어요. 박지석 선수가 사비 에르난데스 선수를 확실히 막아준 덕분입니다. 지금 대한민국이 스페인의 최대 무기를 봉쇄하고 있는 일등 공신이 바로 박지석 선수예요.

─그렇습니다. 물론 우리 선수들도 공격이 잘 돌아가지 않기는 마찬가지입니다만, 아무래도 이런 흐름이라면 체력 훈련을 꾸준히 해온 우리 선수들이 더 낫겠죠. 거기다 평균 연령도 우리가 스페인보다 더 낮으니까요.

─맞습니다. 지난 경기들을 놓고 봐도 대한민국이 스페인보

다 12~13㎞를 더 뛴 걸로 나오고 있어요. 이건 스페인이 더 효율적인 축구를 했다는 이야기가 될 수도 있지만, 지금과 같은 흐름 속에서는 해당되지 않는 이야깁니다. 지금 스페인 보세요. 사비 알론소가 공을 뻥 차고 나면 다른 선수들이 죽어라 달리지 않습니까? 이런 축구는 스페인이 추구하던 숏패스에 의한 효율적인 축구가 아니에요. 정말 많이 힘들 겁니다.

중계진의 말대로, 스페인 선수들은 익숙하지 않은 흐름에 휘말려 힘들어하고 있었다.

그래도 선수 개개인의 클래스가 특출난 팀이라 주도권은 아슬아슬하게 스페인이 잡고 있었고, 대한민국이 그들을 압박하며 따라붙는 모양새였다.

몇 번의 공방 끝에 공을 탈취한 대한민국은 풀백 차두희의 오버래핑으로 반전을 꾀했다. 100m를 11초에 끊는 스피드와 유럽에서도 통하는 피지컬을 지닌 그는 상대적으로 피지컬이 약한 스페인 선수들을 몸으로 밀어냈고, 그와 부딪친 스페인 선수들은 신음을 토해내며 나뒹굴었다.

개중엔 안드레아스 이니에스타도 포함되어 있었다.

—아, 심판 휘슬 붑니다. 차두희 선수의 반칙을 선언하네요.

—제가 보기엔 정당한 몸싸움이었는데 말이죠. 뭐가 문제였다는 걸까요?

—아마 편견이 작용한 것 같습니다. 작은 선수가 큰 선수에

게 부딪쳐 뒹굴었으니까요. 자세히 보지 못했다면 반칙으로 생각할 수도 있지 않나 싶긴 하네요.

이니에스타는 공을 받아 사비에게 넘겼다. 사비는 달라붙는 박지석을 피해 공을 뒤로 넘겼고, 그것을 받은 부스케츠는 측면으로 돌아들어간 카프데빌라에게 공을 넘겼다.

공을 받은 카프데빌라는 그대로 전진하려다 흠칫하며 골키퍼에게 공을 보냈다. 앞쪽에 있는 차두희를 보자, 그가 지키고 있는 공간으로 침투할 생각이 사라진 것 같았다.

스페인의 공격은 주로 대한민국의 왼쪽 진영을 통해 전개되었다. 차두희에게 들이받힌 선수들이 그가 있는 방향으로 들어가길 꺼려한 탓이었다.

원 패턴이 된 스페인의 공격은 어렵지 않게 막혀 버렸고, 공을 잡은 골키퍼는 빠른 역습을 기대하고 지체 없이 공을 때렸다.

-정성용 선수 롱킥, 이동욱 선수의 머리에 맞고 뒤로 흐릅니다. 공을 잡는 기성룡.

-빨리 측면으로 벌려줘야죠. 스피드가 느린 본인이 돌파하려고 하면 안 돼요.

기성룡도 그 점을 알고 있었다. 때문에 그는 오른쪽 측면에 버티고 있는 민혁에게 공을 넘겼다. 짧은 거리에서의 스피드도 준수하고 기술도 좋은 민혁이라면 이 기회를 살릴 수 있으리라 보았기 때문이었다.

민혁은 기성룡의 기대에 부응했다.

―윤민혁 선수 달립니다. 앞에는 사비 알론소. 그 뒤에 카프데빌라와 푸욜이 버티고 있습니다.

―사비 알론소 제쳐집니다. 스피드로 가볍게 돌파! 푸욜과 카프데빌라 달라붙으며… 돌파합니다! 저거죠! 저게 바로 윤민혁 선수의 특기인 팬텀 드리블입니다!

―앞에는 골키퍼 카시야스. 그 옆으로 헤라르드 피케 바짝 달라붙습니다. 슈팅 찬스가… 골! 골입니다! 윤민혁 선수 휘어지는 슛! 피케 선수의 머리를 지나 카시야스 키퍼가 손댈 수 없는 곳으로 공이 휘어져 들어갑니다! 놀라운 골! 마치 전성기 앙리의 플레이를 보는 것 같은 모습입니다!

민혁이 왼발로 때린 공은 기묘하게 휘어져 골망을 흔들었다. 민혁이 들어오는 쪽으로 바짝 붙었던 카시야스로서는 대응할 수 없는 움직임이었다.

관중석은 마치 지진이라도 난 것처럼 흔들렸다. 대한민국 응원단은 고작 3,000명 정도에 불과했지만, 대한민국이 독일을 꺾음과 동시에 생겨난 현지 팬들이 열광하고 있었기 때문이었다.

"데 닝구라 마네나(De ninguna manera: 말도 안 돼)."

망연자실한 토레스의 입에서 탄식이 터졌다. 민혁이 전년도 발롱도르 2위에 올랐던 선수임은 알고 있지만, 그래도 공격수로서는 자신이 더 뛰어나다고 생각했던 그로서는 입이 벌어지는 장면이었다.

저건 발롱도르 3위에 올랐던 2008년의 자신이라도 흉내 내기 어려운 스킬이었다.

민혁은 그제야 몸을 돌리며 토레스를 바라보았다. 별다른 의미는 담고 있지 않은 시선이었지만, 토레스는 왠지 모를 압박감을 느끼며 고개를 돌렸다. 마치 따라 할 수 있겠느냐는 말이 들려오는 듯한 기분이었다.

선제골을 넣은 한국은 한층 더 강하게 스페인을 밀어붙였다. 그렇지 않아도 본래의 전술을 구사하기 힘들어하던 스페인은 중거리 슛 몇 번을 제외하곤 제대로 된 공격을 하지 못했다. 이니에스타와 다비드 비야 등이 개인 기술로 돌파를 시도하는 것에도 한계가 있었기 때문이었다.

그런 플레이가 이어지던 도중.

심판의 휘슬이 경기장에 울렸다.

*　　　*　　　*

심판은 경기를 중단시키고 달려왔다. 공을 다투는 과정에서 벌어진 몸싸움 이후의 상황 때문이었다.

몸싸움 도중 선수들 간에 충돌이 일어나는 거야 흔한 일이 었지만, 자리로 돌아가는 민혁의 어깨를 잡아채 넘어뜨린 것은 그냥 넘어갈 수 있는 부분이 아니었다.

그 둘 사이로 들어온 주심 커셔이 빅토르는 라모스를 향해 카드를 내밀었다. 노란색이었다.

"노 사베 포르케(No saber porque:이유가 뭐야?)."

라모스는 황당해했다. 왜 자신만 옐로카드를 받느냐는 이야기였다.

그러나 주심의 판정엔 문제가 없었다. 접촉의 강도에 차이가 있다는 부분이 이유였다.

—윤민혁 선수 노련한 대응입니다. 구두 경고로 넘어갈 수 있는 상황을 카드로 연결했어요.

—라모스 선수가 좀 많이 다혈질이죠. 윤민혁 선수가 알고 있었던 것 같습니다.

—분명히 알고 있었을 겁니다. 레알 마드리드 선수들의 성격이나 플레이 습관 같은 건 유럽에서 뛰는 선수라면 다 알 테니까요. 게다가 윤민혁 선수는 챔피언스리그에서 레알 마드리드와도 몇 번 붙지 않았습니까? 그러니 모르는 게 더 이상하겠죠.

중계진의 말대로, 그 카드는 민혁이 의도한 부분도 없지는 않았다. 걸리면 좋고 아니면 그만이란 식으로 시도한 일이 잘

풀린 것이다.

라모스는 억울하다는 제스처를 보이며 심판에게 하소연했다. 그러나 판정은 번복되지 않았다. 민혁의 대응도 다소 신경질적인 부분이 있긴 했지만, 라모스처럼 대놓고 잡아채진 않았기 때문이었다.

라모스는 고개를 저으며 자리로 돌아갔다. 더 항의해 봐야 좋을 게 없음을 깨달은 모양이었다.

경기가 마음대로 풀리지 않는 데다, 라모스가 카드까지 받은 스페인은 한층 더 혼란스러운 모습을 보였다. 그 와중에서도 추가 실점을 하지 않은 건 카를레스 푸욜 덕분이었다.

—심판의 휘슬과 함께 전반전 종료됩니다.

—우리 대한민국이 스페인을 1 대 0으로 이기며 기분 좋게 후반전을 맞이하게 됐어요. 아주 좋은 현상입니다. 남은 45분도 잘 버텨줘야 할 텐데 말이죠.

—베어벡 감독이 수비 전술엔 일가견이 있는 사람이죠. 전반을 무실점으로 막아낸 것도 베어벡 감독의 공이라고 할 수있어요. 무엇보다 박지석을 투톱으로 내세워서 스페인을 교란시키고, 또 사비 에르난데스를 틀어막게 해서 혼란에 빠뜨린 것 모두 예상치 못한 한 수 아니었습니까?

—그렇습니다. 이런 흐름을 예상한 사람은 아무도 없었을 거예요.

―하지만 스페인도 이제 해법을 찾아가겠죠. 베어벡 감독은 새로운 방법으로 스페인의 해법을 막아야 할 겁니다.

송영준 캐스터의 말대로, 스페인은 후반에 전술을 바꿨다. 민혁에게 기가 죽어버려 제대로 뛰지 못하는 토레스 대신 세스크 파브레가스를 넣어 공격형미드필더로 배치시키는 한편, 사비 에르난데스가 담당하던 플레이메이커의 역할 일부를 그에게 부담시키려는 생각이었다.

그걸 예상한 베어벡도 후반에 들어 선수와 전술을 바꿨다. 이동욱을 불러들이고 이승열을 넣어 스피드를 좀 더 살리는 방향으로의 전환이었다. 세스크 파브레가스의 패스는 분명 위협적이지만, 모험적인 패스를 많이 시도하는 만큼 대한민국의 역습 찬스도 많이 날 거라는 점에 착안을 한 선택이었다.

그렇게 시작된 후반전은 기묘하게 흘러갔다.

전술 싸움에선 베어벡이 델 보스케를 이겼다. 파브레가스의 패스를 끊어낸 대한민국의 역습이 골이나 다름없는 상황을 만들어냄으로써, 파브레가스에게 공을 몰아주려던 스페인을 움츠러들게 만들었던 것이다.

그러나 교체된 선수의 퀄리티는 파브레가스가 한참이나 위였고, 때문에 대한민국은 전술상의 우위를 점하고도 반격을 몇 번 시도하지 못했다. 파브레가스가 공을 잡으면 선수들이 긴장하게 되는 탓에 역습 스피드가 점점 느려진 까닭이었다.

─경기 팽팽하게 진행되고 있습니다. 양 팀 선수들 많이 지쳤네요.

─지금은 소강상태지만, 몇 분 전까지만 해도 양 팀 모두 전력 질주를 몇 번이나 했으니까요. 역습에 재역습, 거기에 또 재역습이 벌어진 게 세 번이지 않습니까? 저기서 지치지 않으면 사람이 아니죠.

─차두희 선수는 아직 쌩쌩해 보이는데요.

─간 때문이죠.

─…….

─…비야에게서 넘어간 공이 안드레아스 이니에스타 선수의 발에 닿았습니다. 바짝 달라붙는 윤민혁 선수. 하지만 지쳤는지 전반전 같은 압박은 나오지 않습니다.

민혁은 숨을 고르며 이니에스타를 바라보았다. 솔직히 말해서 드리블의 정교함만큼은 자신이나 메시보다도 한 수 위의 경지에 오른 선수가 이니에스타였다. 자칫 집중력이 흐트러졌다가는 좋은 기회를 내줄 가능성이 있었다.

이니에스타는 볼을 천천히 끌다 뒤로 돌렸다. 그도 체력이 많이 떨어진 모양이었다.

그 순간, 패스의 속도를 가늠한 민혁이 땅을 박찼다. 사비 알론소에게 공이 닿기 전에 끊을 수 있다고 판단했기 때문이었다.

이니에스타는 질주하는 민혁을 보곤 실수를 깨달았다. 사색이 된 그도 민혁을 따라 달음박질쳤으나, 스타트가 빨랐던 민혁은 이미 그가 막을 수 있는 지점을 벗어나 있었다.

공을 가로채 달린 민혁은 피케의 수비를 가볍게 제치고 안으로 향했다.

—윤민혁 선수 달립니다! 앞엔 아무도 없습니다! 골키퍼와 1 대 1! 슛이냐, 슛이냐……

—옆에서 달려온 라모스 선수와 충돌! 윤민혁 선수 넘어집니다! 심판… 찍었습니다! 페널티킥! 대한민국 앞서갈 수 있는 찬스입니다!

—어, 심판 주머니에 손 넣습니다. 카드인가요?

심판은 라모스에게 카드를 꺼냈다. 명백한 득점 기회를 맞은 상대를 뒤에서 들이받았으니 카드가 나오는 게 당연한 수순이었다.

라모스는 말도 안 된다는 표정으로 심판을 보았다. 그러자마자 심판은 또 다른 카드 한 장을 꺼내 그에게 보였다. 경고 누적으로 인한 퇴장이었다.

—라모스 힘없이 경기장 나섭니다. 페널티킥을 준비하는 윤민혁 선수. 직접 찰 모양입니다.

—이동욱 선수가 있었으면 이동욱 선수가 찼겠죠. 하지만 지금은 윤민혁 선수가 차는 게 제일 좋습니다. 직접 만들어낸

페널티킥이니 직접 처리하는 게 모양도 좋고요.

―윤민혁 선수 도움닫기. 카시야스 움직입니다. 슛! …들어갑니다! 2 대 0! 윤민혁 선수가 이번 경기 멀티골을 기록하며 대한민국이 스페인을 훌쩍 앞서갑니다.

민혁은 밝게 웃으며 달려온 선수들과 기쁨을 나눴다. 결승전이 눈앞에 와 있는 느낌이었다.

그로부터 20분이 지나갈 무렵, 스페인은 파브레가스의 침투를 통해 한 골을 만회했다. 그러나 대한민국은 그 골을 먹고도 흔들리지 않았고, 만회골을 넣은 기세를 몰아 동점을 이뤄내려던 스페인은 오히려 두 번의 역습 찬스를 내어 주고는 잔뜩 움츠러들었다. 라모스의 퇴장으로 인해 숫자가 부족해진 그들로서는 더 이상 모험을 감수할 수 없었던 까닭이었다.

그렇게 경기가 이어지던 중, 대한민국 측에서 교체를 신청했다.

―경기 8분 남은 시점에 선수교체 합니다. 윤민혁 선수를 불러들이네요.

―사실 교체가 좀 늦었습니다. 저건 다음 경기를 생각한 결정일 거예요. 분명히 체력 안배를 위한 교체일 텐데, 그럼 못해도 7분 전에는 빼줬어야죠.

―상대가 스페인이니 어쩔 수 없지 않았을까요?

―물론 그 점은 감안해야겠습니다만, 다시 생각해도 교체

가 늦은 느낌입니다. 비록 한 골 차이긴 하지만 우리가 앞서고 있는 데다가 스페인이 한 명 부족하거든요.

—아무튼 윤민혁 선수는 할 일을 다 했습니다. 스페인이란 강팀을 상대로 두 골이나 넣었죠. 거기에 퇴장까지 만들어냈고요.

—그렇습니다. 물론 아직 시간이 남았으니 윤민혁 선수를 빼는 건 위험 부담이 있지만, 결승전을 생각한다면 윤민혁 선수를 좀 아껴야 해요.

—버티기만 하면 지지는 않겠죠. 우리도 버스 좀 세우고 그래 봐야 하지 않겠습니까? 필요하다면 중동처럼 침대 축구도 좀 하고 말입니다.

—그건 좀……

—그만큼 결승행이 절실하다는 이야깁니다.

김동완 해설은 급히 멘트를 수습했다. 개인적으로는 우승만 할 수 있다면 침대 축구가 무슨 문제냐고 생각했으나, 아무래도 방송에서 그 내용을 대놓고 드러내긴 무리였다.

다행히 화제를 돌릴 타이밍은 금방 왔다. 민혁을 교체하겠다는 신호가 나온 덕분이었다.

김동완 해설은 재빨리 입을 열었다.

—아, 선수교체 있네요. 누구죠?

—윤민혁 선수 나오고 박주혁 선수 들어옵니다. 최근 프랑

스 리그에서 주가를 한창 올리고 있는 박주혁 선수. 과연 남은 시간에 차이를 벌리는 골을 넣을 수 있을까요?

—가능성은 충분합니다. 스페인이 지금 총공세로 나오고 있는데, 그만큼 뒤 공간이 뻥뻥 열렸거든요. 박주혁 선수의 스피드라면 충분히 뚫을 수 있습니다. 게다가 스페인 선수들은 이미 많이 지쳤고, 방금 교체로 들어온 박주혁 선수는 쌩쌩한 상태니까요. 이런 상황이면 반드시 골을 넣어야죠.

그로부터 7분 뒤.

박주혁은 골을 넣었고, 김동완 해설은 망연자실한 표정으로 입을 열었다.

—이, 이게 뭔가요…….

$$* \qquad * \qquad *$$

박주혁의 자책골로 동점을 허용한 대한민국은 연장전 끝에 패배를 겪었다. 연장 전반 14분 얻어맞은 안드레아스 이니에스타의 골을 따라잡지 못한 탓이었다.

그로 인해 대한민국의 결승 진출은 좌절되었고, 장기계약 연장이 논의되던 핌 베어벡은 패전의 책임을 지고 감독에서 물러났다. 잘못된 교체로 우승의 꿈이 좌절되었다는 명분이었다.

그 명분에 힘을 실어준 것은 스페인의 우승이었다. 대한민국을 상대로 진땀승을 거둔 스페인은 아르헨티나를 꺾고 결승전에 오른 네덜란드를 3 대 2로 이김으로써 월드컵을 손에 넣었는데, 그걸 본 축구협회와 한국의 축구팬들은 대한민국이 결승에 올랐다면 반드시 우승을 차지했을 거라는 주장을 펼치며 베어벡을 맹비난했다.

특히, 네덜란드는 월드컵 결승 징크스가 있으니 결승전에 오르기만 했다면 우승을 차지했을 거라는 주장이 매우 거셌다. 거의 미신이나 다를 바 없는 이야기지만 대한민국의 국민정서가 그 미신을 신앙화하는 데 동의한 것이다.

더불어, 자책골로 패배의 빌미를 제공한 박주혁도 쫓기듯 모나코로 향했다. 그를 옹호하는 축구협회 관계자들도 실드를 치는 게 불가능함을 깨닫고 당분간 한국에 들어오지 말라는 경고를 보냈기 때문이었다.

"아, 진짜 이게 뭐냐."

박지석은 허탈하다는 표정으로 목에 건 메달을 바라보았다. 3, 4위전에서 아르헨티나를 꺾고 얻은 메달이었다.

민혁은 그가 든 메달을 힐끗 보며 힘없이 말했다.

"그러게요."

"…그래도 넌 득점왕 탔잖아."

민혁은 2010 월드컵 득점왕에 선정되었다. 본선 진출 후 총 9골을 득점해 2위 그룹과 4골이나 차이가 난 덕분이었다.

하지만 기분은 편치 않았다. 박주혁의 삽질로 올라가지 못한 결승에 대한 아쉬움이 컸기 때문이었다.

"득점왕이면 뭐 해요. 우승을 못 했는데."

"야… 그래도 넌 다음이 있잖아."

"형도 다음까진 나올 수 있지 않아요?"

박지석은 한숨을 쉬었다. 슬슬 나빠져 가는 무릎 상태를 볼 때, 2014 브라질 월드컵에 나갈 수 있을지 의심이 되고 있었던 것이다.

그런 혼란이 지나간 7월 말.

민혁은 아쉬움을 달래며 런던으로 향했다.

9

2010 월드컵 이후

월드컵 후 열린 2010—11 시즌은 무난하게 돌아갔다.

아스날로 돌아간 민혁은 월드컵의 아쉬움을 털어내기라도 하려는 듯한 활약으로 아스날을 이끌었고, 그 결과 15 라운드가 끝난 시점에서의 아스날은 13승 2무라는 성적으로 리그 테이블의 최상단을 차지하고 있었다.

언론에서는 벌써부터 역대 최고의 아스날이라는 설레발도 떨고 있었는데, 지금까지의 페이스를 보면 그런 말을 하지 못할 까닭이 없었다. 리그 15경기를 치르는 동안 52득점 8실점이라는 기록을 세운 데다가, 챔피언스리그와 칼링 컵까지 포함하면 23경기 무패에 69득점 14실점이라는 수치가 나왔기 때문이었다.

그런 분위기가 이어지던 2010년 12월.

민혁은 뜻밖의 방문을 받게 되었다.

"안녕."

"어… 안녕하세요."

민혁은 자신을 찾아온 사람을 보곤 당황하고 있었다. 은퇴 후 레알 마드리드의 사무총장으로 일하고 있는 지네딘 지단이었다.

"들어가도 될까?"

당황하던 민혁은 정신을 차리고 그를 안으로 들여보냈다. 지단과 그의 수행원으로 보이는 남자는 안으로 들어와서 집을 둘러보곤 의외라는 표정으로 민혁을 보았다. 생각했던 것보다 집이 좋지 않았기 때문이었다.

"돈 낭비하기 싫어서요."

"많이 벌잖아?"

"많이 번다고 꼭 많이 써야 하는 건 아니죠."

민혁은 웃으며 답하곤 차를 내 왔다.

지난번에 만났을 때도 느꼈지만, 지단은 영어를 아주 잘하지는 못했다. 민혁 자신의 프랑스어보다 조금 못한 느낌이었다.

답답해진 민혁은 프랑스어로 입을 열었다.

"편하게 말씀하셔도 돼요."

"프랑스어 잘하네?"

"아스날에 프랑스 선수가 많아서요."

놀란 표정으로 민혁을 보던 지단은 고개를 끄덕였다. 지금은 비중이 좀 줄긴 했지만, 한때 스타팅 멤버의 절반 이상을 프랑스어 사용자들로 채웠던 아스날임이 떠올랐기 때문이었다.

"근데 무슨 일이세요? 레알 마드리드 사무총장씩이나 되시는 분이."

"영입 제안."

"이거 불법 제의 아니에요?"

"아스날엔 이미 오퍼 들어갔어. 게다가 지금은 계약 논의하러 온 게 아니라 단순 제안이니까 이 정도는 괜찮아."

"얼마 썼는데요?"

"8,000만."

"유로요?"

"파운드."

민혁은 혀를 내둘렀다.

8,000만 파운드면 유로로는 1억 2,000만에 달했고, 한화로는 1,440억 원에 달하는 거액이었다.

"호날두보다 높네요?"

"당연하잖아?"

지단은 웃었다. 기본적인 실력은 물론 아시아 시장을 공략할 수 있다는 메리트까지 가진 민혁이니, 그 정도의 이적료가 책정되는 건 당연하지 않느냐고 묻는 것 같은 표정이었다.

하지만 그 웃음은 순식간에 지워져 버렸다.

"근데 저 갈 생각 없는데요."

"…왜?"

"지금은 아스날이 레알보다 좋은 클럽이니까요."

지단은 미간을 좁혔다. 하지만 민혁의 말을 부정하기는 힘들어 보였다.

역사적으로야 당연히 레알 마드리드가 아스날보다 좋은 클럽이지만, 최근의 기세는 아스날이 레알보다 좋아져 있었다. 무엇보다 당장 지난 시즌 챔피언스리그 우승컵을 든 팀이 아스날이기 때문이었다.

"아스날은 주급이 적지 않나?"

"저 돈 많아요."

민혁은 웃으며 이야기했다. 지단은 잠깐 생각을 정리한 후 고개를 끄덕였다. 지난 시즌 발롱도르 2위에 오른 데다, 이번 월드컵에서의 활약으로 어마어마한 스폰이 몇 개나 붙었음을 인지한 탓이었다.

물론 민혁이 믿는 건 그것이 아니었지만.

"아스날이 요청을 받아들인다면?"

"그래도 안 가요."

"왜?"

"감독이 무리뉴잖아요."

민혁은 웃음을 지우며 진지하게 말했다.

"그 감독 밑에서 뛸 바에야, 이쯤에서 한국으로 돌아가는 게 훨씬 나아요."

지단은 미간을 좁혔다. 표정으로 볼 때 농담이 아니었다.

'무리뉴도 질색을 하더니……'

그는 속으로 한숨을 쉬었다. 무슨 일이 있어도 민혁을 꼭 영입해야 한다고 말하던 페레즈의 얼굴이 떠올랐기 때문이었다.

이렇게 거절당한 걸 알면 아마 길길이 날뛰지 않을까.

그런 생각을 하던 지단은 그만 웃어버렸다. 하기야 뭐든지 페레즈 마음대로 이루어졌다면 프란체스코 토티도 8년 전부터 레알 마드리드 소속이었을 테니 말이다.

"그래, 오퍼는 취소하지 않겠지만 네 뜻은 알았어."

"오퍼도 그냥 취소하시죠?"

"그건 내 관할이 아니라서."

쓰게 웃은 지단은 자리에서 일어나며 손을 내밀고 입을 열었다.

"참, 발롱도르 최종 후보에 올랐다지?"

"네."

"이번엔 수상하길 바라마."

*   *   *

2011년 1월 10일, 취리히.

민혁은 의자에 앉아 사회자를 바라보았다. 작년에도 한차 례 겪었던 일이지만, 이런 곳에 앉아서 결과를 기다리는 건 정말 긴장되는 일이었다.

'이번엔 타겠지.'

민혁은 숨을 길게 쉬어 긴장을 지웠다. 하지만 가슴에 들어 찬 긴장을 비워내면 또 다른 긴장감이 찾아와 비어버린 공간 을 가득 채웠다. 아직 상견례 자리에 간 적은 없지만, 아마도 그런 느낌과 비슷하지 않을까 싶은 생각이 잠깐 들었다.

민혁을 긴장하게 하는 요인은 하나 더 있었다.

이번 발롱도르는 기존과는 다른 형태로 수상자를 선정하 고 있었다. FIFA 올해의 선수상과 합쳐진 발롱도르는 각국 기 자단 외에 각 국가의 감독과 주장단 투표가 추가된 형태였고, 그것은 민혁에게 다소 불리하게 작용할 가능성이 적지 않았 다. 아무래도 자신과 친한 선수들에게 표를 주게 되는 경향이 있을 터이기 때문이었다.

하지만 불만을 터뜨린다고 해서 달라질 건 하나도 없었다.

다시 마음을 가라앉힌 민혁은 조용히 중얼거렸다. 월드컵 우승을 하지 못한 게 마음에 걸렸지만, 설마하니 우승 하나 놓쳤다고 이번에도 2위에 머물진 않겠지 하는 생각이었다.

민혁이 그런 생각을 하고 있을 때, 신호를 기다리던 사회자가 입을 열었다.

＊　　　＊　　　＊

─전국에 계신 시청자 여러분 안녕하십니까. KBC 축구가 좋다의 송영준.

─김동완입니다.

프리미어리그 중계권을 가진 KBC는 특집방송을 편성했다. 이번 발롱도르 수상과 관련된 내용이었다.

─다들 기사를 통해 들으셨겠지만, 우리 대한민국의 윤민혁 선수가 2010 발롱도르를 차지했습니다. 이 부분에 대한 관심이 높아서 특집방송이 편성되었는데요, 김동완 해설님.

─네.

─이번 발롱도르 결과는 다른 때와 다른 특색을 보였다면서요?

―그렇습니다.

김동완 해설은 앞에 놓인 대본을 힐끗 보고는 말을 이었다.

―본래 발롱도르 수상자를 선정하던 191개국 기자단은 윤민혁 선수와 이니에스타 선수에게 거의 반반씩 표를 줬어요. 그런데 FIFA 올해의 선수상을 주다 발롱도르와 통합된, 그러니까 각국의 감독과 주장단의 투표가 특이한 양상을 보이고 있죠.

―어떻게 특이하다는 건가요?

―유럽과 남미는 이니에스타 선수에게 몰표를 줬고, 아시아와 오세아니아 주장단은 윤민혁 선수에게 1위를 몰아줬죠. FIFA 가입국 현황을 살펴보면요, 유럽이 55개국이고 남미가 10개국입니다. 두 곳을 합쳐서 65곳인데, 이 중에서 63개국이 이니에스타 선수에게 1위를 줬어요. 감독과 주장단 모두가요.

―나머지 두 곳은 뭐죠?

―하나는 세르비아인데, 여기는 감독과 주장 모두가 윤민혁 선수에게 1위를 주고 이니에스타 선수에게 2위를 줬습니다. 이게 좀 묘한 게, 아시다시피 세르비아는 발칸의 마라도나로 불렸던 드라간 스토이코비치의 출신국 아닙니까? 그리고 그 스토이코비치가 윤민혁 선수가 어릴 적 튜터링을 맡았던 사람이고요.

―나머지 하나는요?

─아마 많은 분들이 예상하셨을 겁니다. 잉글랜드죠. 여긴 이니에스타 선수가 아니라 리오넬 메시와 크리스티아누 호날두에게 각각 2위와 3위를 주었습니다.

─잉글랜드가 스페인을 정말 싫어하긴 싫어하나 보군요.

김동완 해설은 송영준 캐스터를 한 차례 슬쩍 보곤 그대로 말을 이었다.

─아시아는 46개, 그리고 오세아니아는 12개 국가가 FIFA에 가입되어 있습니다. 그중에서 뉴질랜드를 뺀 57개 국가의 주장이 윤민혁 선수에게 1위를 줬죠. 뉴질랜드는 감독은 이니에스타 선수에게, 주장은 메시 선수에게 1위를 주었습니다.

─감독은요?

─아시아에 유럽 출신 감독들이 좀 있잖습니까? 그게 총 11명인데 6명이 이니에스타 선수에게 1위를 줬습니다.

─그럼 일본도 윤민혁 선수에게 표를 던졌나요? 그것 참 의외인데요?

─에… 윤민혁 선수가 어릴 적 일본에서 축구를 하지 않았습니까? 아마 그 인연이 작용한 것 같습니다.

─그럼 아프리카와 북중미가 관건이었겠군요.

김동완 해설은 고개를 끄덕였다.

─아프리카는 신기하게 반반씩 갈렸습니다. FIFA에 가입한 아프리카 축구협회가 총 54개인데, 27개 국가는 이니에스타

선수를 밀었고 또 다른 27개 국가는 윤민혁 선수를 밀었어요.

　—그렇다면 이니에스타 선수를 1위로 민 감독과 주장단의 표가 총 561점이고요. 아, 1위가 3점이니까요. 반면에 윤민혁 선수를 1위로 민 감독 및 주장단의 표는 겨우 498점인데요, 어떻게 윤민혁 선수가 발롱도르 수상자가 될 수 있었죠? 1위가 이니에스타면 2위가 윤민혁 선수였을 거고, 1위가 윤민혁 선수였으면 2위가 이니에스타 선수였을 거 아닙니까?

　—승패를 가른 건 북중미였죠. 이건 좀 재미있는 사실인데, 북중미에 가입한 41개국 중 26개 국가의 감독과 주장단이 윤민혁 선수에게 1위를 줬는데요, 그중에서 이니에스타 선수가 3위 안에 없는 국가가 무려 9개나 됩니다. 2위와 3위에 리오넬 메시와 사비 에르난데스 선수의 이름이 굉장히 많이 들어 있었어요.

　—이유가 뭘까요?

　—아마 남미가 이니에스타 선수를 밀었던 게 영향이 컸을 겁니다. 북중미 축구협회에 소속된 축구인들은 남미 축구협회에 열등감을 가지고 있거든요. 10개밖에 안 되는 국가의 연합이 41개 국가가 뭉친 자신들보다 훨씬 중요하게 여겨지는 데 이를 갈고 있었다는 이야기도 있습니다.

　화면은 각국의 투표 현황으로 넘어갔다. 잠깐 그쪽을 보여 준 방송은 다시 해설진의 모습으로 전환되었고, 그들은 시계를 힐끗 보고는 PD의 신호에 따라 입을 열었다.

─결국 축구판 내의 정치적인 이유로 인해서 윤민혁 선수가 좀 이득을 본 면이 있다는 이야기긴 하지만, 사실 이번 월드컵에서 최고의 활약을 보인 건 윤민혁 선수니까요. 교체 이후 일어난 사고만 아니었으면 결승전에 올라가서 스페인도 꺾지 않았을까요?

─그건 일단 붙어봐야 아는 일 아니겠습니까? 하지만 챔피언스리그에서 아스날을 우승시킨 걸 생각하면 그랬을 가능성이 컸다고 봅니다.

─이제 윤민혁 선수에게 남은 건 월드컵 우승뿐이군요.

─클럽 월드컵 우승도 있죠.

─아, 그것도 있었군요. 하지만 큰 변수가 없다면 이번에 따내겠죠.

─아무튼 월드컵 우승 말인데… 정말 아쉽습니다. 이번이 절호의 찬스였는데요.

─그러게나 말입니다. 박주혁 선수의 자책골만 아니었으면 그것도 달성했을 텐데, 참 아쉽습니다.

PD는 기겁했다. 축구협회 관계자가 듣는다면 언짢아할 이야기였기 때문이었다.

PD는 다급히 손을 흔들어 화제를 바꾸라는 신호를 보냈다. 그 신호를 캐치한 송영준 캐스터는 재빨리 민혁의 신변잡

기로 이야기를 돌렸고, PD의 표정이 심상치 않음을 파악한 김
동완 해설도 전력으로 응수했다. 전임인 조용찬 해설처럼 이
어도 부근 멸치잡이 취재를 하고 싶은 생각은 없었던 탓이었
다.

그로부터 20분 후.

송영준 캐스터의 인사와 함께 방송이 종료되었다.

─특집방송은 여기서 마치겠습니다. 감사합니다.

10

GO GO KOREA

민혁은 장식장에 놓인 트로피를 바라보았다. 진품은 아닌 모조품이었지만, 그래도 그동안의 성과를 확인하기엔 부족할 게 없었다.

그 가운데 놓인 황금 공 세 개.

각각 2010, 2011, 2012라는 숫자가 기록된 발롱도르 트로피였다.

그중 가장 획득이 힘들었던 건 2011년 발롱도르 트로피였다. 본래대로라면 한 해 91득점이라는 괴물 같은 기록을 보였을 메시가 차지해야 했지만, 챔피언스리그에서 아스날에게 농

락당한 바르셀로나와 메시가 추락하면서 민혁의 차지가 된 트로피였다.

그래도 아슬아슬하긴 마찬가지였다. 그 시즌 모든 대회를 통틀어 55득점 48어시스트를 기록했음에도 불과 2% 차이로 순위가 갈렸으니 말이다.

"윤, 뭐 해?"

"그냥 쉬고 있어요."

민혁은 모아시르의 질문에 대충 답하곤 스마트폰을 들어 일정을 확인했다. 대충 기억은 하고 있었지만 좀 더 확실히 하기 위해서였다.

남은 대회 일정을 모두 확인한 민혁은 누워 있던 소파에서 일어나며 입을 열었다.

"이번 시즌엔 반드시 트레블 해야겠어요."

"응?"

모아시르는 의아한 표정으로 민혁을 보았다. 갑자기 그게 무슨 소리냐는 의미의 시선이었다.

민혁은 말했다.

"저 아직 트레블 못 해봤잖아요."

"어… 그랬나?"

모아시르는 고개를 갸웃했다. 분명히 트로피 3개 넘게 든 시즌이 있었던 것 같은데…….

"야, 너 2011년에 6관왕 하지 않았어?"

"FA 컵이 빠져서 메이저 트레블은 아니었잖아요. 기껏해야 마이너 트레블이지."

보통 트레블이라 하면 챔피언스리그, 리그, 그리고 각 리그의 FA가 주관하는 대회를 뜻했다. 그런 의미로 따지면 리그 컵도 트레블의 범주에 넣을 수 있지만, 다른 리그에서는 존재하지 않는 하위 컵이라는 이유로 메이저 트레블로 인정하진 않는 게 보통이었다.

2010-11 시즌에 아스날이 기록한 트레블도 그랬다. 맨체스터 유나이티드와의 4강전에서 패하면서 FA 컵이 날아가는 바람에, 챔피언스리그와 리그, 거기에 UEFA 슈퍼 컵과 커뮤니티 실드, 그리고 칼링 컵과 클럽 월드컵 우승을 거머쥐고도 트레블 명단에 오르지 못한 것이다.

그때 느낀 실망감도 2010 월드컵 4강전 탈락과 비슷할 정도였으니, 이번 시즌에라도 이뤄내고 말겠다는 다짐을 하는 건 이상하지 않았다.

하지만 모아시르에겐 이상하게 느껴졌다.

"근데 왜 갑자기 의욕을 불태워? 너 원래 이런 캐릭터 아니었잖아?"

민혁은 피식 웃었다. 하기야 우승을 목전에 둔 상황이 아니면 딱히 의욕을 불태우는 타입은 아니었다.

하지만 이번엔 이유가 있었다.

"이번 시즌 끝나면 한국으로 돌아가려고요."

"뭐? 왜?"

민혁은 비어 있는 장식장 아래쪽을 보며 입을 열었다.

"꼬꼬마들 키워서 월드컵 우승 한번 해보려고요."

*　　　　*　　　　*

"뭐? 한국?"

"응."

"미쳤어?"

플라미니는 황당하단 표정을 지었다. 아직 30도 안 된 민혁이 벌써부터 한국으로 돌아가겠다고 말하는 게 도저히 이해가 되지 않았다.

지난 세 번의 월드컵으로 한국이 축구 강국이란 명성을 얻긴 했지만, K리그는 아직도 세계 축구의 불모지나 다름없었다.

그렇기에, 세계 최고의 선수로 꼽히는 민혁이 그곳으로 가려고 한다는 건 이해하기 어려운 이야기였다.

"너 거기 가면 발롱도르 끝이야. 이제 더 못 얻는다고."

"3연패면 됐지 뭐."

민혁은 태연히 말했다. 사실 발롱도르 3연패를 기록한 사람도 별로 없었다. 원래대로라면 메시가 발롱도르 4연패를 할 시점이지만, 민혁 자신이 끼어들면서 민혁 자신과 미셸 플라티니 외엔 발롱도르 3연패를 기록한 사람이 없어진 것이다.

'뭐… 호날두가 할 수 있을지도 모르겠네.'

민혁은 잠깐 그런 생각을 하다 고개를 저었다. 지금의 아스날이라면 레알 마드리드의 챔피언스리그 3연패를 저지할 수 있을 터였다.

당장 그 아스날이 챔피언스리그 4연패에 도전 중인 팀이 아닌가.

"이번에 4연패 할지도 모르고."

"한국 가면 안 줄걸."

"안 주면 안 받으면 되지."

"감독님은 뭐라서?"

"아직 말 안 했어."

플라미니는 한숨을 쉬었다. 아무래도 단단히 마음을 굳힌 것 같았다.

그는 머리를 긁으며 화제를 바꿨다.

"너 나가면 그 자리는 어쩌라는 건데?"

"쟤 있잖아."

민혁은 멀리서 드리블을 하고 있는 윌셔를 가리켰다.

쟥 윌셔는 아주 멀쩡한 모습을 보이고 있었다. 본래대로의 흐름과 달리 쉬엄쉬엄 뛰면서 몸에 과부하가 걸리지 않았고, 때문에 그는 바르셀로나에서 사비와 이니에스타, 그리고 부스케츠를 침몰시켰던 실력을 계속해서 보여주었다.

철강왕이라고 할 정도까진 아니지만, 그래도 이번엔 유리 몸이란 소리는 듣지 않을 것 같았다.

거기에, 원래대로라면 이제야 토트넘 2군 에이스 소리를 듣고 있을 해리 케인도 아스날 1군에 진입한 상태였다. 민혁이 고용했던 트레이너들의 활약 덕분이었다.

다시 말해, 민혁이 한국으로 돌아가도 아스날이 붕괴되지는 않으리란 이야기였다.

윌셔를 본 플라미니는 민혁의 말을 납득해 버렸다. 지난 시즌에 윌셔가 보여준 활약이 그만큼 충격적이었다는 이야기였다.

"그래도 너만큼은 아닐 텐데?"

"한 명 더 데려오면 돼."

"누구?"

"말라가에서 주급 제대로 못 받는 사람."

민혁은 산티아고 카솔라를 떠올렸다. 자신만큼의 스피드와 득점력은 없지만, 그래도 윌셔와 페어를 이룬다면 자신의 빈자리는 충분히 채워줄 선수였다.

대답을 들은 플라미니는 고개를 저으며 또 한 번 화제를 바꿨다.

"한국에 가려는 이유가 뭐야?"

민혁은 공을 받아 툭 차곤 질문에 답했다.

"월드컵 좀 우승해 보려고."

"뭐?"

"지석이 형 대표 팀 은퇴한 거 알지?"

박지석은 결국 무릎 문제를 이유로 대표 팀을 은퇴했다. 그나마 2011 아시안컵 우승을 거둠으로써 유종의 미를 완성했다는 게 위안이었다.

플라미니도 박지석의 대표 팀 은퇴에 대해선 알고 있었다.

"어… 그거야 알지."

"그래서 한국에 가려는 거야."

"뭐?"

"한국 유망주들 다 긁어모아서 1년 정도 바짝 훈련시켜도 지석이 형 빈자리 채울까 말까니까."

민혁이 인수했던 제천 시민 구단은 작년 초 K리그 진입에 성공했다. AFC에서 아시아 챔피언스리그에 참여하려면 리그 승강제를 갖춰야 한다는 주장이 나오면서, 축구협회가 어떻게든 K리그 참여 팀을 늘리는 데 혈안이 되어 있던 덕분이었다.

그 소식을 들은 민혁은 양주호에게 연락해 한국에 있는 유망주란 유망주는 죄다 긁어모아 팀에 넣었다. 박주혁으로 인해 드래프트가 부활한 한국이라 쉽지 않을 걸로 예상했지만,

다행히 신생 팀 우선 지명과 산하 유스 팀 선수 우선 지명권으로 기대했던 것만큼의 결과를 낼 수 있었다.

그렇게 선발된 선수들이 낸 기록은 K리그 3위.

주전의 절반 이상이 19세에서 21세 사이의 선수들로 구성된 팀이라는 걸 생각해 볼 때, 경험만 쌓는다면 다음 월드컵에 대표 팀으로 선발될 선수가 많을 거라는 이야기였다.

하지만 민혁으로서는 그리 만족스럽지 못했다. 나름 실력 있는 애들을 모아 훈련을 시켰지만 2002 월드컵 멤버들만 한 실력은 나오지 않았다. 아마도 경험이 부족하기 때문이겠지만, 2014 월드컵 우승을 노리는 민혁으로서는 그걸 알아도 아쉬움을 느끼는 게 당연했다.

그 이야기를 들은 플라미니는 고개를 갸웃하며 입을 열었다.

"꼭 네가 갈 필요는 없잖아?"

"내가 가는 게 좀 더 확실하니까."

플라미니는 결국 설득을 포기했다. 이 정도로 마음을 굳혔다면 어떤 말을 해도 소용이 없을 터였다.

민혁은 훈련이 끝난 후 벵거를 찾았다.

갑작스러운 방문에 의아해하던 벵거는 민혁의 이야기를 듣고는 당황을 금치 못했다. 물론 축구선수에게 있어 월드컵이 가지는 의미를 모르진 않지만, 그걸 위해서 현재의 성공을 버리겠다는 건 이해할 수 없는 이야기였다.

무엇보다, 그래선 벵거 자신과 아스날이 곤란했다.

"그래서 재계약 이야기에 답이 없었었구나."

"뭐… 그렇죠."

벵거는 민혁의 표정을 보고는 미간을 좁혔다. 민혁과 오랜 시간을 같이 보내온 그였던 탓에, 설득을 해도 통하지 않을 거라는 예감이 들었던 것이다.

하지만 시도도 해보지 않고서 포기할 순 없는 일.

벵거는 통하지 않을 거라는 걸 알면서도 설득을 시도했다.

"발롱도르 4연패 가능성이 있는데, 여기서 돌아가는 건 아쉽지 않나?"

"월드컵이 더 크니까요."

"1년 더 늦게 가도 상관없을 텐데."

"그럼 애들을 못 키우죠."

"애들?"

"한국에 있는 제 구단 선수들요."

전 제천 시민 구단, 현 FC ARSEN이라는 명칭을 떠올린 벵거는 쓴웃음을 물었다. 자신의 이름을 딴 구단이 자신의 발목을 잡을 줄이야 누가 알았겠는가.

그러던 그는 한 차례 고개를 젓고는 말을 이었다.

"네가 간다고 그 선수들이 급성장할 것 같지는 않은데."

"겸사겸사죠. 애들 튜터링도 좀 하고 팀워크도 다지고요."

"그럼 월드컵에서 우승할 수 있다?"

"안 하는 것보단 낫겠죠."

민혁은 엄청난 기대는 없다는 표정으로 그를 보았다. 단지 그렇게 하는 게 그렇게 하지 않는 것보다 가능성이 높아질 터였고, 월드컵 우승을 위해서는 그런 작은 가능성에도 투자를 하는 것이 옳지 않느냐는 듯한 시선이었다.

벵거는 한숨을 내쉬며 고개를 끄덕였다. 하기야 티에리 앙리라는 제자가 챔피언스리그 우승을 위해 팀을 떠난 경험을 가졌던 그였다.

그때도 앙리를 붙잡지 못했거늘, 월드컵 우승을 위해 떠난다는 제자를 잡을 수는 없는 것이다.

하지만 미련은 여전히 컸다. 그만큼 민혁이 아스날에서 차지하는 비중이 높았기 때문이었다.

"월드컵 끝나면 아스날로 돌아올 건가?"

"글쎄요……"

민혁은 애매한 반응을 보였다. 아스날이 싫어서 떠나는 게 아니기 때문이었다.

벵거는 미간을 좁히곤 말을 이었다.

"확실히 해두는 게 좋아. 그래야 네 대체자를 구할지 말지를 결정할 수 있으니까."

"말라가에 있는 산티아고 카솔라가 좋을 거예요."

"안 올 거구나."

민혁은 어깨를 으쓱했다. 영국 생활도 이만하면 오래 하지 않았나 싶은 느낌이었다.

'하긴, 이젠 한국이 더 어색하니까.'

그나마 그것도 회귀 전 35년을 한국에서 보낸 기억이 있어서였지, 그게 아니었다면 한국으로 돌아갈 생각도 못 했으리라.

그런 민혁을 보던 벵거는 한숨을 내쉬곤 입을 열었다.

"이번 시즌까진 아스날에 남아 있겠지?"

"네."

"…좋다."

"반대 안 하시네요?"

"이미 몇 번이나 겪었던 일이니까. 게다가 반대한다고 해서 들을 것 같지도 않다만."

"이적료 못 드려서 죄송합니다."

벵거는 쓴웃음을 물고 말했다.

"누가 들으면 내가 선수 이적료에 목숨 거는 사람인 줄 알겠구나."

"어……"

벵거는 혀를 찼다. 자기 이미지가 도대체 어떻게 박혀 있었나 하는 심정이었다.

"그동안 이적료 아꼈던 거야 경기장 건축비 때문이었지. 하지만 이제 그럴 필요가 없으니 돈을 좀 써볼 생각이다."

아스날은 챔피언스리그 우승 상금과 중계료로 부채를 전부 해결한 상태였다. 3위와 4위, 그리고 챔피언스리그 16강에 허덕이던 원래의 아스날은 2016년에 들어서야 부채를 대부분 해결했지만, 민혁이 있는 지금의 아스날은 3연속 챔피언스리그 우승을 통해 2012년 초에 부채를 전부 해결할 수 있었다.

다시 말해, 이제 아스날도 돈을 쓰는 구단이 될 수 있다는 뜻이었다.

"주급은 좀 관리하세요."

민혁의 이야기에 웃어버린 벵거는 손을 내밀고 입을 열었다.

"그동안 정말 고생 많았다."

*　　　*　　　*

2013년 7월 4일, 인천 국제공항.

"아, 오랜만이다."

민혁은 공항에 내려 두 팔을 힘껏 펼쳤다. 다행히 기자단은 보이지 않는데, 민혁이 모아시르와 아스날을 통해 연막을 뿌려 언론을 교란시킨 덕분이었다.

하지만 사람이 아예 없진 않았다.

"응?"

찰칵하는 소리를 들은 민혁이 고개를 돌리자, 큼지막한 카메라를 든 이아영이 보였다.

"웬 사진이야?"

"독점 인터뷰 기사에 쓰려고."

"…좀 봐줘."

이아영은 피식 웃었다. 농담이란 표현이었다.

"근데 왜 이렇게 사람이 없어?"

그녀는 고개를 이리저리 돌리며 입을 열었다. 민혁이 아스날과 재계약을 하지 않고 한국으로 돌아온다는 발표를 했을 때 일었던 소동을 생각하면 이렇게 조용한 건 납득이 되지 않았다.

민혁은 슬쩍 주변을 둘러본 후, 옷에 달린 후드를 뒤집어쓰고 질문에 답했다.

"기자들 몰려오면 귀찮으니까 내일 오는 걸로 연막 좀 쳤어. 아스날에서 따로 연락 안 했으면 부모님도 나 오는 거 모르실걸?"

"난?"

"기자로 온 거 아니잖아."

민혁은 캐리어를 밀고 나오며 중얼거렸다.

"아, 배고파."

"밥 안 먹었어?"

"기내식."

몇 년 전의 술주정 이후 문자를 나누던 둘은 꽤 친해져 있었다. 가끔 최주평에게 청첩장은 언제 날아오느냐며 놀림을 받을 정도로 말이다.

두 사람 모두 그럴 생각이 별로 없다는 게 문제였지만.

잠깐 그런 생각을 하던 민혁은 좌우로 고개를 돌려보았다. 최주평이 왔나 싶어서였다.

"아저씨는?"

"말 안 했어."

"왜?"

"말하면 인터뷰 따 오라고 할 게 뻔하니까."

민혁은 쓴웃음을 물었다. 하기야 최주평이라면 충분히 그럴 만했다. 사장 친인척도 아니면서 그 나이에 부사장에 오른 것만 봐도 알 수 있는 사실이었다.

웃음을 지운 민혁은 좌우를 천천히 돌아본 후 그녀에게 물었다.

"차 어뒀어?"

"무슨 차?"

"차 안 끌고 왔어?"

이아영은 한숨을 쉬었다. 보아하니 일일 기사를 해야 할 것 같았다.

하기야 이런 일이 처음도 아니었다. 두 사람이 꽤 친해진 이후, 민혁은 한국에 올 때마다 항상 그녀에게 신세를 졌던 것이다.

잠깐 이마에 핏대를 세웠던 그녀는 퉁명스레 입을 열었다.

"이제 슬슬 차 좀 사지 그래?"

"나 면허도 없는 거 알잖아."

"따면 되지."

"귀찮아."

"…나 안 왔으면 어쩌려고 그랬는데?"

"택시?"

"돈 많아서 좋겠네."

민혁은 피식 웃곤 입을 열었다.

"그래 봐야 런던 시내 교통비 5분의 1밖에 안 돼."

이아영은 고개를 끄덕였다. 예전 취재를 갔을 때 멋모르고 택시를 탔다가 민혁에게 돈을 빌리는 굴욕을 겪어야 했던 그녀였기 때문이었다.

결국 한숨을 내쉬며 고개를 끄덕인 그녀는 민혁에게 물었다.

"집으로 갈 거야?"

"집은 내일 간다고 했어. 게다가 너랑 가면 어머니가 난리 칠걸."

"무슨 난리?"

"결혼하라고."

"······."

그녀는 자기도 모르게 납득해 버렸다. 민혁의 어머니인 박순자 여사가 얼마나 극성인지는 이미 잘 알고 있었다. 지난번 우연히 만났을 때도 온갖 호들갑을 다 떨어 자신을 당황하게 했던 그녀가 아닌가.

"그럼 어디로 갈 건데?"

"내가 집 아니면 갈 데가 어디 있는데?"

"호텔?"

"···이 상황에서 네 입에서 나올 말은 아니지 않냐?"

무심코 입을 열었던 이아영은 얼굴이 빨개진 채 민혁의 등짝을 때리며 말을 돌렸다.

"헛소리하지 말고 가기나 해."

"어딜?"

"주차장이지 어디긴 어디야?"

그녀는 민혁을 끌고 공항 주차장으로 향했다.

그로부터 두 시간이 지나갈 무렵.

이아영은 민혁을 내려주고는 한참이나 투덜대다 신문사로 향했다. 휴가를 냈는데도 회사로 돌아가야 하는 이유가 뭐란 말인가.

'하긴, 여기가 바로 헬조선이었지.'

민혁은 회귀 전의 기억을 떠올리곤 쓴웃음을 물었다. 사무직은 포괄임금제가 적용되지 않는데도 포괄임금제라고 우겨 대면서 새벽까지 야근을 시켰던 IRC 소프트 간부진의 모습이 떠올랐기 때문이었다.

"회귀한 지도 20년이 넘어가는데 그 얼굴이 다 기억나다 니……."

민혁은 잠깐 혀를 내둘렀다. 얼마나 한이 맺혔으면 그게 다 기억이 난단 말인가.

고개를 저은 그는 곧바로 눈앞에 있는 경기장에 들어섰 다. FC ARSEN의 홈구장이었다.

"감독님, 저 왔어요."

"응? 내일 오는 거 아니었어?"

양주호는 놀란 표정으로 민혁을 보았다. 그러자 민혁은 벤 치에 몸을 묻고 생수병을 하나 들어 목을 축인 후 기자가 귀 찮아서 먼저 왔다고 이야기했고, 실소를 흘린 양주호는 훈련 을 잠시 멈춘 후 민혁과 함께 사무실로 향했다.

"저 선수 등록됐죠?"

"안 그래도 그것 때문에 한참 난리였다."

민혁이 FC ARSEN에 입단하기로 했다는 이야기가 나오 자, K리그에 소속된 다른 팀들은 환영은커녕 난리를 피웠 다. K리그엔 처음 들어오는 한국인인 만큼 당연히 드래프트 를 거쳐야 한다는 주장이 그것이었다.

다행히 2013년부터 팀당 1인에 대해 자유계약이 인정되는 시스템이었기에 망정이지, 그렇지 않았다면 한국으로 돌아오는 걸 포기했을 정도로 짜증 났던 상황이었다.

"서울이 제일 난리였어."

"황준영 그 인간이죠?"

"응?"

"아직 안 잘렸어요?"

민혁은 눈을 동그랗게 뜬 채 물었다. 최근 분위기가 좋지 않던 서울이 대규모 인적 쇄신에 들어갔단 이야기를 들었던 기억이 있어서였다.

그렇다면 당연히 황준영 그 인간도 잘렸을 게 아닌가.

"남았어."

"왜요? 뭐 중요한 일 하던 것도 아니잖아요?"

"원래 세상이 다 그래."

양주호는 인상을 썼다. 청소년대표팀 감독으로 국제 우승 커리어까지 있었음에도 별 시답지도 않은 이유로 잘려서 거제도에 처박혀야 했었던 그였던지라, 실력도 없으면서 줄을 잘 서서 살아남은 황준영을 좋은 시선으로 볼 수 없었다.

"보드진한테 아첨하는 능력으로 봐서는 앞으로 20년은 더 가겠더라."

"하여튼 짜증 나는 사람이라니까."

"안 그래도 그 인간 때문에 한참 걸렸다. 하마터면 등록 기간 못 맞출 뻔했어."

"뭐라고 했는데요?"

"이런 대형 계약을 아무 말 없이 진행하는 게 말이 되냐고. 그러면서 자유계약 선수 도입을 취소하고 2년 더 미루자더라. 월드컵 끝나고 하는 게 깔끔하지 않겠냐면서."

"미친."

민혁은 어이가 없다는 표정으로 고개를 저었다. 어차피 그렇게 됐으면 다시 아스날로 돌아가면 그만이거늘, 그런 단순한 것도 생각 못 하는 대가리로 어떻게 이 세상을 살아왔단 말인가.

하지만 좀 더 생각하자 납득하지 못할 이야기도 아니었다.

'우리 팀 잘되는 거 못 봐주겠단 심보면 그럴 수도 있겠네.'

K리그 3위 팀에 민혁과 같은 선수가 추가되면 다른 팀의 우승 가능성은 기하급수적으로 떨어질 수밖에 없었다. 민혁이라면 상무에 들어가서도 리그 우승 경쟁을 하게 할 저력이 있기 때문이었다.

대부분의 구단은 흥행에 도움이 되면 아무래도 좋다고 생각할 수 있지만, K리그의 명문으로 꼽히는 구단들로서는 민혁이 우승 경쟁을 하는 팀에 들어가는 걸 받아들이고 싶지 않았으리라.

"하여튼 실력도 없으면서 욕심만 많아서는."

민혁은 잠시 투덜대다 화제를 바꿨다.

"애들은 어때요?"

"애들? 아, 선수들?"

"네."

"평소랑 똑같지."

민혁은 커피가 든 종이컵을 기울이다 멈추고 입을 열었다.

"그럼 안 되는데."

"응?"

"훈련 제대로 시킨 거 맞아요?"

양주호는 황당하다는 표정으로 반론을 꺼냈다.

"야, 지난 시즌에 리그 3위 했으면 할 만큼 한 거 아니냐?"

"무슨 소리예요. 내가 왜 한국까지 왔는데."

"응?"

"월드컵 우승할 만큼 키워놔야죠."

"미친놈."

양주호는 말도 안 되는 소리 하지 말라는 시선을 보냈다. 박지석도 은퇴해 버린 한국이 무슨 수로 월드컵 우승에 도전한단 말인가.

비록 민혁이 마라도나나 플라티니급에 도달했다는 평가도 있긴 하지만, 그래도 1986년의 아르헨티나나 1984년의 프랑스는 우승 후보 바로 아래에 랭크되어 있었던 팀이었다. 적어도 우승 팀을 거론할 때 '가능성은 낮지만 도전은 해볼 수 있을 겁니다'라는 말은 들었던 팀이라는 이야기였다.

박지석이 남아 있었더라면 2014년의 한국도 그런 말을 들었을 가능성도 있지만, 그가 은퇴한 대한민국은 민혁 한 명만 막으면 제압이 가능한 팀으로 꼽히고 있었다.

"왜요?"

"2002 세대 이제 차두희밖에 안 남았어. 근데 어떻게 우승을 해?"

"그러니까 제가 돈 줘가면서 애들 키우라고 한 거잖아요."

"그게 말처럼 쉽냐?"

민혁은 한숨을 쉬곤 고개를 끄덕였다. 하기야 그게 쉬웠으면 아스날에 윌서만 10명이겠지.

"참, 아챔은 어디까지 갔어요? 아직 진행 중이죠?"

"넌 구단주라는 놈이 체크도 안 하냐?"

"저도 아스날 생활 마무리하느라 바빴거든요."

양주호는 어깨를 으쓱했다. 그도 프로 경력이 있던 사람이라 팀 생활을 마무리하는 게 그렇게 쉬운 일이 아님을 아는 까닭이었다.

"다음 달에 8강 한다."

"상대는요?"

"가시와 레이솔."

"오랜만에 듣는 이름이네요."

민혁은 문득 옛 기억이 떠오름을 느꼈다.

나고야 그램퍼스 주니어에서 뛰던 시절, 전 일본 U−12 축구 선수권대회 결승전 상대가 바로 가시와 레이솔 유스 팀이었다.

잠깐 옛 기억에 빠져들었던 민혁은 자세를 바꾸며 입을 열었다.

"일단 아챔부터 우승하고 생각해 보죠."

*　　　*　　　*

〈FC ARSEN, 가시와 레이솔 상대로 6 대 1 대승〉

[윤민혁이 합류한 FC ARSEN은 어제 열린 가시와 레이솔과의 AFC 챔피언스리그 8강에서 6대 1이란 스코어로 승리를 거뒀다. 이번 토너먼트 최대 점수 차 승리다.

FC ARSEN과의 경기를 앞두고 '지지 않겠다'라고 호언장담했던 가시와 레이솔의 오카다 감독은 5−3−2 시스템을 들고 나와 전반을 1 대 1로 마무리했으나, 후반 시작과 함께 윤민혁이 몸을 풀자 안절부절못하는 모습을 보였다.

감독이 흔들린 가시와 레이솔은 후반 8분 터진 문성준의 중거리 포를 막지 못했고, 그로부터 6분 뒤 윤민혁이 투입되면서부터 완벽한 혼란에 빠져 자중지란을 일으켰다.

그 결과, 2 대 1 상황에서 투입된 윤민혁은 20분 만에 무려 4골을 몰아넣는 활약을 보이며…….]

신문을 보던 민혁은 벤치에 앉아 중얼거렸다.

"이러다 펠레 기록 넘는 거 아닌가 모르겠네."

K리그로 돌아온 민혁은 한 달 반 만에 19득점을 기록하고 있었다. K리그에서 15골, AFC 챔피언스리그에서 4골이었다.

아무래도 리그의 수준에서 차이가 나서인지, 공격형미드필더나 윙으로 출전하고 있음에도 경기당 평균 3골이란 수치가 나왔던 것이다.

조금 더 생각해 보던 그는 쓴웃음을 지었다. 이대로라면 정말 5년 안에 펠레의 기록에 도전할 수 있을 것 같았다. K리그 선수들이 자신의 플레이에 적응하려면 최소 4~5년은 있어야 할 테니 말이다.

잠깐 혹했던 민혁은 고개를 저었다. 양민 학살을 해서 골 스탯을 쌓으려고 K리그로 온 건 아니잖은가.

"…TV나 보자."

리모컨을 든 민혁은 TV를 켰다. 주말이라 그런지 온갖 버라이어티 쇼와 드라마 재방송 등이 갖가지 채널에서 흘러나왔고, 오랜만에 여유를 찾은 민혁은 사무실 캐비닛을 뒤져 양주호가 즐겨 먹던 나초를 가져와 씹으며 소파에 몸을 묻었다.

주말에도 구단에 나왔으면 이 정도 사치는 부릴 수 있는 게 아니겠는가.

한동안 그렇게 TV를 보던 그는 손에 든 나초를 떨어뜨렸다. 우연히 돌린 채널에서 너무도 뜻밖의 내용이 흘러나오고 있었기 때문이었다.

한동안 굳어 있던 민혁은 마침 들어온 양주호의 인기척을 느끼곤 입을 열었다.

"감독님."

"응?"

민혁은 일그러진 얼굴로 고개를 돌리며 물었다.

"…국가대표 감독이 누구라고요?"

11

대한민국 국가대표팀

"TV에 나오잖아."

"진짜 조왕래예요?"

"응."

"축협 미쳤대요?"

민혁은 한숨까지 내쉬며 눈으로 본 것을 부정하고 싶어 했다.

베어벡 감독 이후 대한민국 대표 팀을 맡은 건 허영무 감독이었다. 이제 외국인이 아닌 한국인에게 기회를 주어야 한다는 여론이 들끓은 까닭이었다.

그 후 2011 아시안컵 우승을 기록하며 잘나갈 것처럼 보였던 그였으나, 민혁이 팀 적응을 이유로 차출을 거부하자 축구협회는 국가대표 감독에게 카리스마가 없다는 이유로 그를 해임하고 새 감독을 선임했다.

하지만 진짜 이유는 민혁의 차출 거부가 아니라 축구협회 내부의 정치 싸움 때문이었다.

축구협회 회장이 바뀌면서 생겨난 알력의 결과라는 이야기였다.

민혁도 그 정도는 이해할 수 있었다. 애초에 허영무 감독도 영 눈에 차지 않았던 데다가, 그가 잘리면 좀 더 좋은 감독이 올지도 모른다는 기대도 있었다.

하지만 조왕래라니…….

"도대체 왜 평화왕을……."

"평화왕?"

"아, 그런 게 있어요."

민혁은 말을 얼버무렸다. 아시안컵에서 레바논을 상대로 패배를 겪은 일은 자신의 회귀로 인해 일어나지 않은 일이 되었기 때문이었다.

"아무튼, 왜 조왕래냐는 거예요. 지금까지 한 게 뭐가 있다고."

"언젠 뭐 한 게 있어서 국가대표 감독 했냐."

그 말은 민혁의 입을 막았다. 생각해 보면 축구협회의 인선이라는 게 그렇게 믿음직스럽진 않았던 까닭이었다.

그래도 이건 너무 심했다. 최소한 K리그 우승 정도는 해본 감독이 선임되어야 하는 게 아닌가.

"아, 짜증 나네."

"왜?"

"월드컵 우승 한번 해보겠다고 아스날 떠나서 한국까지 왔는데 이러니까 기분 나쁘죠."

이건 정말 마른하늘에 날벼락 같은 상황이었다.

거스 히딩크 정도의 감독은 바라지도 않았지만, 그래도 조왕래 같은 감독이 국가대표 감독이란 건 도저히 용납이 안 됐다.

잠깐 이를 갈던 민혁은 냉정함을 되찾고 입을 열었다.

"기자회견 좀 준비해 주세요."

"기자회견? 왜?"

민혁은 인상을 팍 쓰고 말을 이었다.

"국가대표 은퇴 선언하려고요."

*   *   *

〈FC ARSEN 윤민혁, 대표 팀 은퇴 선언. 충격에 빠진 대한민국 대표 팀〉

[FC ARSEN의 구단주 겸 주장이자, 국가대표팀 에이스로 꼽히는 윤민혁이 대표 팀 은퇴를 선언했다.

올해 여름, 프리미어리그의 아스날을 떠나 K리그의 FC ARSEN으로 이적한 미드필더 윤민혁이 KBC와의 인터뷰를 통해 국가대표 은퇴를 선언했다. 월드컵 우승의 가능성이 보이지 않아 국가대표로 남을 의지가 사라졌다는 게 그가 밝힌 은퇴 사유다.

일각에서는 새로 선임된 조왕래 감독과의 불화를 거론하지만, 윤민혁과 조왕래 감독은 지금까지 단 한 번의 접점도 없었음을 고려하면 불화보다는 감독의 자질을 믿지 못하는 것이 아닌가 하는 분석이 우세하다.

이에 대해 조왕래 감독은 '윤민혁의 대표 팀 은퇴는 용납할 수 없는 일. 최선을 다해 막아보겠다'라는 입장을 밝혔으나, 윤민혁 측에선 아무 답변도 내어놓지 않고 있다.

익명을 요구한 축구협회 관계자에 따르면…….]

"익명의 관계자 좋아하네."

민혁은 신문을 집어 던졌다. 기자들이 전가의 보도로 쓰는 '익명의 관계자'는 '기자의 상상 속에 존재하는 가상의 인물'이라는 뜻임을 잘 알고 있지만, 그래도 자신과 관계된 기사에서 그런 헛소리가 도는 걸 보는 건 짜증이 솟구치는 일이었다.

민혁이 그러고 있을 때, 막 문을 열고 들어온 양주호가 난

처하단 표정으로 입을 열었다.

"야, 조왕래한테 전화 오고 난리다. 벌써 8통째야."

"핸드폰 꺼요."

"그건 좀 너무하지 않냐?"

"축협이 더 너무하죠."

민혁은 단호했다. 감독에게 선수를 고를 자유가 있다면 선수도 감독을 고를 자유가 있는 게 아니겠는가.

"조왕래만 난리인 게 아니야. 지금 축협도 막 팩스 날아오고 난리다. 어제만 다섯 번이나 날아왔어."

"그래서요?"

"뭐 말이라도 해줘야 하는 거 아니냐?"

"감독 바꾸라고 대놓고 말할 수는 없잖아요."

마음 같아서는 기자회견이라도 열어서 디스를 하고 싶지만, 연공서열을 중시하는 대한민국에선 힘든 일이었다. 바른말을 해도 '나이도 어린놈이' 운운하는 개소리가 아직 먹히는 곳이기 때문이었다.

이런 곳에서 '감독 능력이 미덥지 못해서 안 뛰려고요. 감독 바꾸면 생각해 보겠습니다'라고 하면 욕을 바가지로 먹을 게 뻔하지 않은가.

물론 지금도 말만 안 했지 다를 바 없는 상황이긴 하지만 말이다.

"알았다, 그럼 내가 알아서 이야기하마."

"감독 바꿔야 된다고는 하지 마세요."

양주호는 고개를 끄덕이고 문을 나섰다. 자기도 머리가 있는데 설마 그런 말을 하겠느냐는 표정이었다.

그를 배웅한 민혁이 다시 안으로 들어와 신문을 든 순간, 밖으로 나갔던 양주호가 놀란 표정으로 되돌아와 민혁을 불렀다.

"미, 민혁아."

그는 뭔가에 엄청나게 놀랐는지 눈을 동그랗게 뜬 채 숨까지 헐떡이고 있었고, 의아해진 민혁은 고개를 갸웃하며 입을 열었다.

"왜 그래요?"

들려온 답변은 민혁의 표정도 그와 같게 만들었다.

"벵거 잘렸대."

"…네?"

*   *   *

—이번 경질은 아스날의 1대 주주 스탄 크론케에게서 아스날의 주식 54%를 사들인 헝거 그룹 시밍위안 대표의 결단으로 알려졌습니다. 시밍위안 대표는 챔피언스리그 4연패를 달

성한 팀이 강등권 팀에게 패한 것은 도저히 용납이 되지 않는 일이라는 입장을 밝히며 아르센 벵거의 경질을 주도했고, 후임으로는 지난해 레알 마드리드에서 해임당한 주제 무리뉴 감독을 고려하고 있다는 주장이 나오고 있습니다.

"아니, 무슨……."

민혁은 믿을 수 없다는 표정으로 TV를 보았다. 미치지 않고서야 어떻게 아스날이 벵거를 경질한단 말인가.

―아스날 서포터들은 아르센 벵거의 해임에 반대하는 시위를 연일 펼치고 있으며, 주제 무리뉴의 부임도 인정할 수 없다는 입장을 내세우고 있습니다. 아스날 팬으로 유명한 런던 택시 조합의 조합장 크루그먼 씨는 에미레이츠 스타디움 앞에서 분신을 시도하다 경찰에게 끌려가는 등…….

TV에선 이마에 붉은 띠를 맨 아스날 서포터들이 경찰에게 끌려가는 모습이 나왔다.

민혁은 분신을 시도하다 끌려가는 중년 남성을 보고는 어디선가 본 사람 같다는 생각을 하다, 양주호의 질문을 받고는 고개를 돌렸다.

"야, 헝거 그룹 저거 중국 놈들이지?"

"…네."

헝거 그룹은 중국의 건설업체로, 중국 공산당 간부들의 비자금을 관리하는 업체로 추정되는 기업이었다.

2012년 말, 주식을 팔라던 우스마노프의 제안을 계속 거절하고 있던 크론케는 거액을 들고 접촉한 헝거 그룹에 아스날 지분의 절반을 팔았다. 거절하기엔 너무 많은 돈을 제시받은 까닭이었다.

민혁이 아스날을 떠난 것이 바로 그다음 해……

그 점을 생각해 보면 강등권 팀에게 패한 것은 단순한 핑계고, 사실은 민혁을 잡지 못한 것에 대한 책임을 묻는 해임일 터였다.

민혁은 혀를 내두르며 고개를 저었다.

아무리 축구를 모르는 중국인이라지만 저런 말도 안 되는 발상을 할 줄이야.

"야, 이러면 뱅거가 한국에 올 수 있는 거 아니냐?"

"그래 봐야 축협은 조왕래겠죠."

"네가 한번 우겨보지 그래?"

민혁은 어깨를 으쓱했다. 마음 같아서야 그러고 싶지만, 아무리 그래도 자신이 직접 나서서 감독 교체를 요구하는 건 모양새가 영 좋지 않았다.

그들이 묘한 침묵을 지키고 있은 지 한 시간이 넘어갈 무렵, 양주호의 비서가 나타나 입을 열었다.

"감독님, 손님 오셨어요."

"손님?"

"네, 축구협회에서 오셨다는데요."

"민혁아, 어쩔까?"

"…여기까지 온 사람 돌려보내긴 좀 그렇죠?"

양주호는 고개를 돌려 안쪽으로 모셔오라는 말을 꺼냈다. 비서는 곧바로 밖으로 나갔고, 약 5분 정도가 흐른 후 양복을 갖춰 입은 40대의 중년 남성을 데리고 안으로 들어왔다.

양복을 갖춰 입은 남자는 민혁에게 손을 내밀며 입을 열었다.

"윤민혁 선수시죠?"

"네."

"축구협회 이사 송재혁입니다."

*　　　　*　　　　*

송재혁은 민혁의 요구 조건을 듣고는 고개를 끄덕였다. 하기야 월드컵 우승을 노리고 K리그로 온 민혁이 국가대표 은퇴를 선언한 이유야 너무도 뻔했다.

감독이 마음에 들지 않는 게 아니면 그런 무리수를 둘 이유가 없으니 말이다.

하지만 민혁이 꺼낸 이름도 상당한 무리수였다.

"아르센 벵거 말입니까?"

"네."

송재혁은 검지로 이마를 긁으며 난처한 표정을 지어 보였다.

"물론 벵거 감독이 온다면야 좋은 일이죠. 하지만 축구협회로서는 연봉 부담이……"

"월드컵까지만 계약하면 딱 10개월인데, 그것도 부담되나요?"

"축구협회 예산이 그렇게 넉넉한 편이 아닙니다. 대표 팀 스태프 연봉으로 배정된 예산이 50억이니까요."

축구협회 예산은 약 1천억에 달하지만, 유소년 육성 예산으로 들어가는 금액만 400억 원에 각급 대표 팀 운영에 들어가는 돈이 약 400억 원이었다.

그 외 기타 부대 비용과 협회 관리 비용 등을 포함하면 간신히 적자를 면하는 수준이기에, 아스날에서 130억 원의 연봉을 받고 일하던 벵거를 데려오는 건 불가능했다. 코칭스태프의 연봉까지 고려하면 못해도 200억은 될 터이기 때문이었다.

"게다가 벵거 감독을 노리는 팀도 굉장히 많습니다. 벌써부터 레알 마드리드나 바이에른 뮌헨 같은 곳에서 오퍼를 넣었다는 이야기도 있고요."

민혁도 그 말엔 고개를 끄덕이지 않을 수 없었다. 자신이 벵거라도 대한민국 국가대표보다는 레알 마드리드나 바이에른 뮌헨의 감독이 더 구미에 맞을 테니까.

"그래도 오퍼 정도는 넣어보시죠?"

"앞서 말씀드렸다시피……."

"러닝개런티로 계약하면 되지 않을까요?"

"네?"

"월드컵 성적으로요. 8강에만 올라도 1,400만 달러가 확보되니까, 4강만 해도 부담되는 금액은 아니잖아요."

민혁은 설명을 추가했다. 기본 연봉은 50억 정도로 계약을 하고, 성적에 따라서 추가 보너스를 대거 지급하는 식으로 하면 되지 않겠느냔 이야기였다.

송재혁은 또 한 번 부정적인 답변을 꺼냈다.

"벵거 감독이 그걸 받아들이느냐는 둘째 치고… 50억 원이면 협회가 배정한 스태프 전체 연봉입니다. 조왕래 감독에게 위약금을 지불하는 걸 생각하지 않더라도……."

"아, 그거 절반은 제가 부담할게요. 조왕래 감독 위약금 전액 포함해서요."

"네?"

"월드컵 우승만 할 수 있으면 그 정도 투자는 해봐야죠."

송재혁은 믿을 수 없다는 표정으로 물었다.

"진심입니까?"

"네."

"아무리 윤민혁 선수라지만 그만한 돈이……."

"저도 호날두만큼은 벌어요. 거기다……."

민혁은 말을 멈췄다. 아직은 GF BIOChemical에 대해 말할 때가 아니었다.

'플라미니한테 한 소리 들을 뻔했네.'

적어도 2015년은 되어야 꺼낼 수 있을 이야기라며 스스로를 진정시킨 민혁은 고개를 휘휘 저은 후 말을 이었다.

"아무튼 스폰 받는 금액만 해도 충분하니까, 그 정도는 제가 낼 수 있어요."

"정말 그래도 되겠습니까?"

"월드컵 우승만 할 수 있으면 남는 장사죠."

잠시 민혁을 보던 송재혁의 고개가 끄덕여졌다. 하기야 월드컵 우승만 하면 얻을 수 있는 모든 트로피를 얻게 되는 민혁이었다.

송재혁 역시 축구선수 출신이기에, 그 마지막 한 발에 대한 갈증이 얼마나 큰지 공감할 수 있었던 것이다.

"알겠습니다. 그럼 일단 협회장님 재가를 받아보고 연락드리죠."

＊　　　＊　　　＊

〈대한축구협회, 선임 4일 만에 조왕래 선임 취소〉

[나흘 전, 허영무 감독을 경질하고 조왕래 감독을 선임했던 축구협회가 갑작스레 조왕래 감독의 선임을 취소했다. 사실상의 경질이다.

축구협회 송재혁 이사는 '조왕래 선임 발표는 일부 축구협회 관계자들의 실수로, 아직 최종 확정에 들어가지 않은 상태였다'라는 입장을 밝혔다. 하지만 지난 나흘 동안 아무 반론도 없었음을 생각하면 납득하기 힘든 이야기다.

이에 대해 축구협회는 '확인 과정이 길어져 생겨난 사고일 뿐'이라며 일축하고 있으나…….]

첫 기사를 본 민혁은 화면을 넘겼다.

〈조왕래, '협회라는 이름의 횡포에 맞서겠다!'〉

[조왕래 감독이 부산 지방법원에 고소장을 제출했다. 이번 선임 취소가 정상적인 절차를 거치지 않았다는 이유다.

오늘 오전 11시경 고소장을 제출한 조왕래 감독은 '이런 비정상적인 절차로 운영되는 협회가 어떻게 대한민국을 대표할 수 있느냐'면서, 반드시 소송에서 이겨 정의가 살아 있음을 보여주겠다는 말로 인터뷰를 마쳤다.

이에 대해 축구협회 관계자는…….]

"응? 협상 안 됐나?"

두 번째 기사를 본 민혁은 미간을 좁혔다. 축구협회에서 걸려온 전화에 따르면 조왕래와 협상을 진행 중이어야 했기 때문이었다.

그 의문은 5분 후에 올라온 기사로 인해 해결되었다.

〈조왕래 소송 취하. '거절을 하기엔 너무 큰돈이었다'〉

[축구협회와 조왕래 감독의 갈등이 봉합되는 모양새다.

소송전을 불사하기로 했던 조왕래 감독은 축구협회가 제시한 10억 원의 보상금을 받고 소송을 취하하겠다는 의사를 밝혔다. 본래 계약되어 있던 9억 원의 연봉보다 10%가량 높은 금액이다.

'갑작스러운 선임 취소 발표로 소속 팀인 FC 경상의 일정이 흐트러졌으며, 나 개인의 커리어에도 심각한 타격을 입었다'라며 분개하던 조왕래 감독은 오늘 오후 2시에 있던 회담 이후 평정을 되찾은 얼굴로 인터뷰를 진행했다.

'개인의 커리어에 심각한 타격임은 분명하지만, 국가를 위해 대승적인 차원에서 선임 취소에 합의했다'라고 밝힌 조왕래 감독은 안정복 감독 대행 체제로 전환했던 FC 경상으로 돌아갔으며, 안정복 감독 대행은 다시 수석 코치로 경상 생활을 이어가게 되었다.

현재 FC ARSEN에 이어 리그 2위를 달리고 있는 FC 경상은 조왕래 감독의 복귀로 한숨을 돌리게 되었으며······.]

민혁은 스마트폰을 껐다. 그래도 어찌어찌 큰 문제 없이 봉합된 느낌이었다.

'돈은 좀 아깝네.'

조왕래에게 지급된 위약금 10억 원은 100% 민혁의 계좌에서 흘러나온 돈이었다. 그나마 이번에 축구협회 회장이 된 H 그룹의 정명준이 아르센 벵거를 영입할 수 있다면 사재를 털겠다는 이야기를 꺼낸 덕분에 지불해야 할 돈이 줄긴 했지만, 그래도 아까운 건 아까운 거였다.

벵거의 경질이 4일만 더 빨랐다면 조왕래에게 위약금을 지불할 이유가 없었을 테니 말이다.

그런 생각을 하며 스마트폰을 내려놓을 때, 양복을 입은 양주호가 나타나 입을 열었다.

"민혁아, 경기 준비해라."

"벌써 경기예요?"

"응, 5분 남았어."

민혁은 라커에 핸드폰을 집어넣고 복도로 나갔다.

경기장 복도엔 FC ARSEN과 울산의 선수들이 도열해 있었다. 그들 사이로 끼어든 민혁은 자신에게 인사를 하는 선수들에게 손을 들어 인사를 받은 후 자리를 찾아갔고, 민혁이 오기를 기다리고 있던 주심은 시계를 한 차례 바라보고는 선수들을 향해 사인을 보냈다. 그라운드로 들어오라는 이야기였다.

경기장에 들어온 민혁은 손으로 하늘을 가리며 투덜댔다.

"아, 덥다……."

"더워요?"

같은 팀 동료인 문성준은 의아한 표정으로 민혁을 보았다. 얼마 전까지만 해도 35도를 넘나들던 기온이 30도로 내려갔음에도 죽을상을 짓고 있는 민혁이 이해되지 않아서였다.

민혁은 투덜댔다.

"영국은 8월에도 25도 안 넘어."

답을 마친 그는 고개를 저으며 상대 팀을 바라보았다. 미안하지만 빨리 승부를 결정짓고 쉬엄쉬엄 뛰어야겠다는 생각이 머릿속을 가득 채웠다. 그러지 않았다간 열사병으로 쓰러질 것 같다는 위기감이 들어서였다.

경기가 시작된 후, 초반부터 전력을 다한 민혁은 울산을 상대로 네 골을 퍼부었다. 어시스트까지 기록하면 5개의 공격포인트를 기록한 셈이었고, 경기장을 찾은 울산의 골수팬들조차도 세 번째 골이 들어가면서부터는 해탈한 표정으로 일어나 박수를 쳤다.

"하긴⋯ 유럽에서도 어떻게 못 하는 선수를 우리 팀이 막아 낼 리가 없지."

"저 실력 가지고 왜 한국에 온 거야?"

"팀 다져서 월드컵 우승하려고 온 거라잖아."

"자기 팀에서 대표 팀 많이 뽑으라는 소리네."

울산 팬들은 감탄과 못마땅함이 섞인 얼굴로 경기장을 보았다. 하기야 실력으로 따지면 FC ARSEN에서 여섯 명 정도는 국가대표에 뽑히는 게 맞겠지만, 새 감독이 민혁의 눈치를 볼 경우엔 FC ARSEN이 곧 국가대표가 되지나 않을까 싶어 하는 표정이었다.

사실 민혁의 의도도 그것이었다. 전원이 국가대표로 뽑히는 건 불가능하겠지만, 적어도 선발 11명 중 7~8명은 FC ARSEN에서 나왔으면 하고 있었다. 개개인의 능력도 중요하지만 팀의 조직력도 그 못지않게 중요하다는 걸 잘 아는 까닭이었다.

'그래서 벵거 감독님이 오셨으면 하는데 말이지.'

민혁은 시계를 힐끗 보고는 생각을 접었다. 아무리 크게 이기고 있더라도 경기 중엔 경기에 집중해야 했다.

양주호는 후반 20분이 되자 민혁을 불러들였다. 영국 날씨에 적응해 버린 민혁이라, 이 날씨에 70분 이상 뛰게 하는 건 무리수였다.

"아, 덥다."

"물 좀 마셔."

민혁은 차갑게 얼린 물통을 받아 목에 대었다.

25분 더 이어진 경기는 7 대 2라는 스코어로 끝을 맺었다. 이번에도 FC ARSEN의 대승이었다.

돌아온 선수들을 격려한 양주호는 벤치에 드러누운 민혁을 보고 입을 열었다.

"기자회견 갈래?"

"아뇨. 힘들어서 그냥 쉬고 싶어요."

"빨리 적응해야지."

민혁은 쓰게 웃으며 고개를 끄덕였다. 1년 내내 기후가 비슷한 영국에서 오래 지낸 탓에, 연교차가 극심한 한국에서 비티는 게 쉽지 않았다.

"그럼 기한이 데리고 인터뷰할 테니까, 빨리 가서 씻고 쉬어라."

"네."

힘없이 답한 민혁은 샤워를 끝내고 라커룸으로 돌아와 에어컨을 붙잡았다. 아무래도 한동안은 이런 식으로 지내야 할 것 같았다.

그를 보며 고개를 젓던 팀 동료는 민혁의 라커에서 핸드폰이 바닥을 긁는 소리를 내는 걸 확인하곤 입을 열었다.

"민혁이 형, 전화 와요."

"알았어."

민혁은 아쉬운 표정으로 에어컨을 놓아주었다. 아직 몸에 열기가 가득했지만 전화가 먼저였다.

"네, 윤민혁입니다."

—오랜만이구나.

"어? 감독님?"

민혁은 놀랐다. 전화를 통해 들려온 목소리의 주인공이 아르센 벵거였기 때문이었다.

벵거는 웃음기가 담긴 목소리로 말을 이었다.

—한국에서 보자.

*　　　*　　　*

아르센 벵거는 대한민국 축구협회의 제안을 승낙했다. 1년 동안 대한민국 국가대표를 맡아 월드컵을 준비함과 동시에, 여유를 가지고 다음 행선지를 고르겠다는 생각이었다.

그로부터 9개월 뒤.

축구의 나라 브라질에서, 2014 월드컵이 개최되었다.

벵거 부임 후, 그간 치른 경기 모두에서 승리를 거둔 대한민국 국가대표팀은 엄청난 기대를 받고 있었다. 처음엔 부담을 느끼던 선수들도 월드컵이 개최되기 한 달 전부터는 승리를 당연하게 여기는 분위기에 빠져들었다. 월드컵을 앞두고 가졌던 세계 강호와의 3연전에서도 전승을 거둔 덕분이었다.

그것은 월드컵을 목전에 둔 상황에서의 방송을 통해서도 확인이 가능했다.

언제나처럼 캐스터 자리를 지키고 있던 송영준의 옆엔 섬에서 돌아온 조용찬 해설이 앉아 있었다. 방송사 개편이 있었던 덕분이었는데, 섬에서 엄청난 고생을 했는지 눈에 독기가 가득 들어차 있는 모습이었다.

월드컵에 진출한 여러 팀의 분석을 끝낸 그들의 대화는 선수에 대한 이야기로 접어들었다.

—2010 남아공 월드컵에선 윤민혁 선수가 득점왕을 차지했었는데요, 이번에도 가능할까요?

—그건 누구도 보장할 수 없습니다. 유로 1984의 플라티니는 5경기에서 9득점을 기록했지만 그 페이스를 계속 이어가진 못했거든요. 1986 월드컵에선 2골밖에 못 넣었습니다.

—플라티니는 그때 부상을 안고 뛰지 않았었나요? 제가 알기론 진통제를 맞고 뛰었다고…….

—뭐, 그렇긴 합니다. 하지만 1984년의 플라티니였다면 그런 상태에서도 5골은 넣어줬겠죠. 아무튼 중요한 건 그게 아니고, 윤민혁 선수의 2연속 득점왕은 쉽지 않을 거라는 겁니

다. 다른 쟁쟁한 선수들도 많으니까요.

―지난 대회 실버슈를 차지한 토마스 뮐러나 리그에서 엄청난 득점 행진을 벌이고 있는 메날두 말이군요. 확실히 골결정력이 높은 선수들이다 보니⋯⋯.

조용찬 해설은 송영준 캐스터의 말을 중간에 끊었다.

―어⋯ 메시와 호날두는 골결정력이 높은 선수는 아닙니다. 평범해요. 메시는 슈팅이 골로 이어지는 비율이 22.4%고 호날두는 18.6%에 불과하거든요.

―그것밖에 안 나오나요?

―그렇습니다. 정말 골결정력이 좋은 선수는 수아레스 선수예요. 무려 37.8%라는 수치를 보이는 선수니까요.

―그런데 유럽에서 골을 제일 많이 넣는 선수는 메시와 호날두잖습니까? 어떻게 된 거죠?

조용찬 해설은 날카로운 눈빛으로 정면을 응시하며 입을 열었다.

―호날두는 리그에서 경기당 7.4개의 슛을 날리고, 메시는 경기당 6.8개의 슛을 날립니다. 쉽게 말해서 남들의 두 배 이상 슈팅을 하니까 남들보다 두 배나 많은 골을 넣는다는 거죠.

―하지만 그건 슈팅을 할 기회를 잘 잡는다는 이야기가 되겠죠. 나쁜 게 아닙니다.

―맞습니다. 일단 슈팅을 해야 골을 넣을 수 있으니까요.

송영준 캐스터는 고개를 끄덕였다. 그러자 방송작가가 테이블에 놓인 태블릿을 통해 추가 자료를 넣어주었고, 그것을 받아 확인한 송영준 캐스터는 놀란 표정으로 입을 열었다.

―어, 자료를 보니 재미있는 사실이 있네요. 대표 팀에선 오히려 메시가 슛을 더 많이 한다고 합니다. 여기선 메시가 7.3개고 호날두가 5.6개네요.

―하지만 골은 더 적죠. 슈팅 대비 골이 리그만큼 안 나올 겁니다.

―그렇네요.

송영준 캐스터가 동의를 표하자, 조용찬 해설은 신나서 말을 이었다.

―윤민혁 선수가 정말 대단한 점이 바로 그겁니다. 윤민혁 선수는 국가대표로 뛸 때 경기당 3.2개의 슛을 날리거든요. 그럼에도 메시나 호날두를 포함한 선수들과 경쟁이 가능하다는 겁니다. 슈팅 대비 골 전환율이 30.3%거든요.

―그 정도면 유럽에서도 상위권의 결정력 아닙니까?

―그렇습니다. 우리가 흔히 말하는 3대 리그, 거기에 세리에와 리그 앙까지 넣어 5대 리그로 보아도 윤민혁 선수보다 결정력이 높은 미드필더는 없어요. 공격수까지 범위를 넓혀도 이과인 선수와 수아레스 선수가 전부입니다.

―그럼 이과인 선수를 조심해야 하나요? 우루과이는 이번 월드컵에 못 나왔으니까요.

―슈팅 대비 득점률만 따지면 그런데, 정작 그 이과인 선수는 국대에서는 슈팅을 많이 못 날립니다. 경기당 2개가 안 돼요. 팀 자체가 메시에게 몰아주는 경향을 보이거든요.

―그건 좀 이해가 안 되는군요. 이과인 선수에게 공을 몰아주는 게 합리적이지 않나요?

―팀의 에이스는 메시니까요. 메시의 눈치를 볼 수밖에 없을 겁니다.

은근히 메시를 깐 조용찬 해설은 PD의 신호를 받고는 시계를 보았다.

―아, 이제 월드컵 본경기가 시작할 시간이 다 된 것 같습니다.

―그렇군요. 아무튼 이번 대회에서도 우리 대한민국의 윤민혁 선수가 득점왕을 차지했으면 좋겠습니다.

―뭐… 꼭 윤민혁 선수가 아니라도 우리 대한민국 선수가 하면 좋겠죠.

PD는 빨리 화제를 돌리라는 신호를 보냈다. 그러자 말을 이어가려던 조용찬 해설은 급히 입을 닫았고, 송영준 캐스터는 곁눈질로 그를 힐끗 쳐다본 후 PD의 지시에 따라 멘트를 꺼냈다.

—2014 브라질 월드컵 조별 예선 1차전, 대한민국 대 러시아, 러시아 대 대한민국의 경기.

그는 일부러 호흡을 고른 후 말을 이었다. 긴장감 고조를 위해서였다.

—지금! 시작됩니다!

〈인생 2회 차, 축구의 신〉 8권에서 계속…

초대형 24시 만화방

신간 100%, 샤워실, 흡연실, 수면실(침대석), 커플석, 세탁기 완비

■ 광명 광명사거리역점 ■

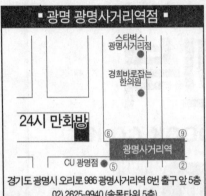

경기도 광명시 오리로 986 광명사거리역 6번 출구 앞 5층
02) 2625-9940 (솔목타워 5층)

■ 강북 노원역점 ■

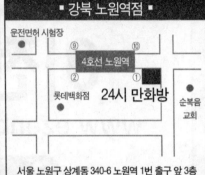

서울 노원구 상계동 340-6 노원역 1번 출구 앞 3층
02) 951-8324 (화용빌딩 3층)

■ 일산 정발산역점 ■

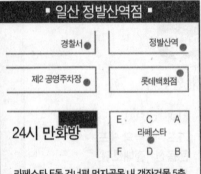

라페스타 E동 건너편 먹자골목 내 객잔건물 5층
031) 914-1957

■ 일산 화정역점 ■

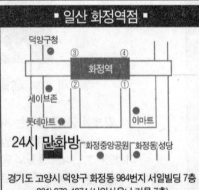

경기도 고양시 덕양구 화정동 984번지 서일빌딩 7층
031) 979-4874 (서일사우나 건물 7층)

■ 부천 역곡역점 ■

역곡남부역 기업은행 건물 3층
032) 665-5525

■ 부평역점 ■

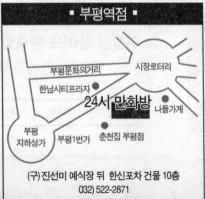

(구) 진선미 예식장 뒤 한신포차 건물 10층
032) 522-2871